LE SOUS-MAR...

« JULES VERNE »

Gustave Le Rouge

Copyright pour le texte et la couverture © 2023 Culturea
Edition : Culturea (culurea.fr), 34 Hérault
Contact : infos@culturea.fr
Impression : BOD, Norderstedt (Allemagne)
ISBN : 9791041972548
Date de publication : juillet 2023
Mise en page et maquettage : https://reedsy.com/
Cet ouvrage a été composé avec la police Bauer Bodoni
Tous droits réservés pour tous pays.

**Première partie
UN DRAME DE LA HAINE**

I

Un concours original

Dans la chambrette, simplement meublée d'une table, d'un lit et de deux chaises, qu'il occupait au cinquième étage d'une maison de la Canebière, à Marseille, l'ingénieur Goël Mordax était en train de mettre au net une épure des plus compliquées, lorsqu'on frappa timidement à sa porte.

– Au diable le raseur ! s'écria-t-il... Il y a vraiment des gens qui ont du temps à perdre !...

Tout en maugréant, Goël avait ouvert. Sa moue rechignée eut vite fait de se transformer en un sympathique sourire à l'aspect du visiteur inattendu.

– Comment, c'est toi, mon vieux Lepique, dit-il. Il y a au moins trois semaines que l'on ne t'a vu !...

– Au moins, si tu m'apportais des nouvelles de notre belle inconnue !...

– Ah ! Ah ! s'écria le nouveau venu en souriant, il s'agit bien d'elle et de son automobile endiablée... J'ai mieux que cela à t'annoncer.

– Aurais-tu trouvé quelque nouvelle variété de lézard ? répliqua l'ingénieur... À propos, comment va ta ménagerie ?

– Très bien... Mais il n'est pas question de cela... Tu n'as donc pas lu les journaux ?

– Tu sais bien que je ne les lis jamais.

– C'est un tort. Sans cela, tu ne serais pas là, tranquillement assis devant ta table... Ou plutôt, si, tu y serais...

– Voyons, explique-toi, cesse de parler par énigmes.

– Lis toi-même, dit Lepique en tendant un journal à son ami... Lis et réjouis-toi !

Le jeune ingénieur prit la feuille et la déplia négligemment.

Puis il poussa un cri de surprise, et s'absorba dans sa lecture.

Pendant ce temps, M. Lepique se débarrassait d'une énorme boîte verte de botaniste, tirait de ses poches une série de marteaux et de ciseaux de différentes formes, déposait dans un coin un filet à papillons, et s'asseyait enfin, après avoir soigneusement essuyé ses lunettes avec son mouchoir de poche.

M. Lepique était un garçon de vingt-cinq ans. Il était maigre et long. La figure ébahie et ronde, encadrée de favoris taillés en côtelettes, lui donnait l'air d'un apprenti substitut. Son nez de chercheur, étroit et mince, était surmonté de lunettes bleues. Ses cheveux blond sale disparaissaient habituellement sous un chapeau de feutre gris à larges bords. Enfin, il était vêtu d'une longue houppelande, de couleur indécise, poussiéreuse et couverte de taches, de laquelle émergeaient deux jambes maigres et deux pieds énormes, chaussés de souliers à clous.

On ne pouvait le regarder sans rire.

Passionné pour l'histoire naturelle, surtout pour l'entomologie, il avait installé dans un hangar, en dehors de la ville, toute une ménagerie d'insectes et de reptiles, dont il étudiait les mœurs.

Tous les jours, il arpentait la campagne, à grandes enjambées, à la recherche de grenouilles et d'insectes, dont il nourrissait ses pensionnaires.

Il était très connu dans son quartier, et les commères se plaisaient, le soir, sur le seuil de leurs portes, à se rappeler ses bizarreries ou quelques-unes de ses distractions devenues légendaires.

Il faisait le contraste le plus parfait avec son camarade de collège, l'ingénieur Goël Mordax.

Celui-ci était à peu près de son âge. Petit et trapu, il avait de larges épaules. Sa figure énergique était encadrée d'une courte barbe noire. Le type de sa physionomie annonçait son origine bretonne.

Sorti l'un des premiers de l'École polytechnique, il avait suivi les cours de l'École des mines. Son diplôme d'ingénieur obtenu, il avait refusé la brillante position que lui offrait la routine administrative, et était entré, à de maigres appointements, au service d'une compagnie de transports. Sa modeste situation lui laissait des loisirs, dont il profitait pour se livrer, avec acharnement, à l'étude des problèmes les plus ardus de la mécanique et de la chimie.

Le journal dont la lecture absorbait si fort l'attention du jeune ingénieur, portait en manchette :

Sensationnel Concours entre les ingénieurs du monde entier

Un milliardaire philanthrope

Sous-marin gigantesque

Un Prix de cinq millions-or

« Jusqu'ici, disait le journal, les sous-marins n'ont été que de coûteux engins destinés surtout à la guerre.

« Malgré les magnifiques travaux des constructeurs du *Narval*, du *Goubet*, du *Holland*, du *Gymnote* et du *Gustave-Zédé*, les mystérieux abîmes des océans demeuraient inaccessibles aux investigations des savants et des pêcheurs de trésors.

« L'audacieuse tentative d'un richissime Norvégien, M. Ursen Stroëm, va, d'ici peu, changer tout cela.

« D'ici quelques années, d'ici quelques mois peut-être, l'on pourra recueillir, sans péril et sans peine, les trésors perdus au fond des mers : il sera facile d'engranger la riche moisson des productions sous-marines, les coraux arborescents, les éponges, les nacres opalines, les blocs d'ambre gris, les perles. On pourra exploiter les riches gisements de houille, d'or, de fer et de nickel, que recèlent les abîmes océaniques.

« Le travail des plongeurs qui succombent à l'asphyxie et aux congestions, et qui deviennent la proie des requins, sera désormais sans danger. L'éponge, le corail, le byssus, l'huître perlière seront cultivés et mis en coupe, comme les plantes de nos jardins.

« Toutes les sciences, de la paléontologie à la zoologie, réaliseront de gigantesques progrès. L'intelligence et le bien-être de l'homme se trouveront tout à coup doublés par la possession des royaumes sub-océaniques... »

Alléché par ce préambule, Goël Mordax continua :

« M. Ursen Stroëm, avec une sagacité vraiment géniale, s'est rendu compte de cette vérité, simple, mais pourtant bien peu comprise, que la lenteur du progrès humain tient surtout à la dispersion de l'effort.

« Si, chaque fois qu'il se présente, en science, un problème ardu, s'est-il dit, tous les hommes compétents du monde entier s'y attelaient, le problème serait sans doute rapidement résolu.

« Mais, comment intéresser tous les savants à une même question ?... La tâche eût été difficile pour tout autre que le milliardaire Ursen Stroëm... Car l'appât de l'énorme somme de cinq millions de francs-or, offerte en prime à l'heureux vainqueur du concours, décidera les plus hésitants, et éveillera toutes les convoitises.

« L'ingénieur qui fournira le plan le plus parfait de sous-marin non militaire, capable de descendre aux plus grandes profondeurs, aura donc à toucher cinq millions de francs-or, soit un million de dollars, soit deux cent mille livres sterling. »

– Eh bien, mon bonhomme, que dis-tu de cela ? demanda M. Lepique, qui, tout en baguenaudant par la chambre, avait trouvé le moyen de renverser un godet d'encre de Chine sur l'épure commencée par son ami.

– Je dis que tu es un fichu maladroit !

– Ce n'est pas cela que je te demande, fit le naturaliste d'un air piteux... Je te parle du fameux concours de sous-marins.

– C'est tout simplement stupéfiant... Mais, de grâce, laisse-moi lire tranquille... J'en suis aux conditions du concours, que le journal reproduit in extenso.

M. Lepique ouvrit la fenêtre et se mit à siffloter, en regardant dans la rue, pendant que Goël continuait à lire :

« Dans un but d'humanité et de civilisation, M. Ursen Stroëm ouvre donc, à ses frais, un concours pour l'élaboration d'un sous-marin, d'une jauge d'au moins huit cents tonneaux, d'une vitesse de dix-huit nœuds, et d'une durée d'immersion aussi longue que possible.

« Toute latitude est laissée aux concurrents en ce qui concerne les mécanismes de direction, de plongée, d'éclairage, etc.

« Chaque concurrent devra faire parvenir à M. Ursen Stroëm une étude complète, comprenant :

« 1° Une note des vues d'ensemble du projet et des conditions qu'il devra réaliser ;

« 2° Un plan des formes du sous-marin ;

« 3° Les diverses coupes définissant la charpente du vaisseau, et permettant de le mettre à exécution ;

« 4° Un devis des échantillons ;

« 5° Des calculs de résistance, établissant l'indéformabilité de la coque ;

« 6° Un devis des poids ;

« 7° Un plan des aménagements ;

« 8° Des plans d'ensemble de l'appareil moteur appuyés du calcul des dimensions principales de cet appareil ;

« 9° Des plans détaillés des appareils de dragage, d'extraction, etc. ;

« 10° Des plans détaillés des appareils spéciaux que l'inventeur croira devoir proposer pour tel ou tel but particulier.

« Les plans d'ensemble à l'échelle de 0 m 05 par mètre, et les plans de détail au dixième.

« Les projets devront être adressés à M. Ursen Stroëm, à sa villa des Glycines, à Marseille, dans le délai d'un an à partir de ce jour. Ils ne devront porter qu'une seule signature, même s'ils sont le résultat de la collaboration de plusieurs savants, et le prix ne pourra être partagé.

« Pour présenter toutes garanties aux concurrents, le jury sera choisi parmi les savants les plus illustres du monde entier.

« Ont déjà accepté d'en faire partie : MM. *Edison, Claude, Holland, Forêt, Romazotti*, etc, ainsi que quelques constructeurs et sportsmen tels que MM. *Ford, Bréguet, Renault, Citroën*, etc.

Suivait un long éloge d'Ursen Stroëm, qui se terminait par cette phrase :

« Nous croyons savoir que la générosité du philanthrope norvégien ne s'arrêtera pas là, et que le vainqueur du concours pourrait bien, du même coup, toucher le prix de cinq millions et hériter plus tard de la fortune colossale d'Ursen Stroëm... On dit, en effet, que Mlle Edda Stroëm, la fille du milliardaire, belle autant qu'originale, consentirait à épouser sans déplaire le vainqueur de ce concours. »

– Eh bien ! que penses-tu de cela ? dit M. Lepique, en voyant son ami replier le journal.

– Venant de tout autre, je pourrais croire que ce concours n'est qu'un formidable canard.

– Alors ?

– Alors, je vais concourir. Tout simplement. Tu es content ?

– Mon Dieu, oui...

– Hein ! mon gaillard, les cinq millions te tentent !... fit M. Lepique.

– Non... Je trouve une occasion unique de voir mes plans soigneusement examinés, et j'en profite... Tant mieux pour moi, si je réussis.

Tout en parlant, le jeune ingénieur se promenait de long en large. Il était plus ému qu'il ne voulait le paraître.

– Allons, mon vieux, fit M. Lepique, en reprenant son attirail de savant ambulant, du calme, du calme... Tiens, viens prendre un bock avec moi. Cela te remettra.

Les deux amis se rendirent sur la Canebière, orgueil et délices des Marseillais.

La nuit tombait ; les cafés présentaient une animation extraordinaire. Tout le monde commentait, avec de grands gestes et de grands éclats de voix, le projet audacieux du Norvégien. Les crieurs de journaux encaissaient des recettes fantastiques.

Les deux camarades s'assirent, se firent servir un bock et feuilletèrent les journaux illustrés.

– Tiens, regarde donc, s'écria tout à coup Goël... Reconnais-tu ce portrait ?

M. Lepique ajusta ses lunettes.

– Jolie fille, dit-il négligemment.

– Cela ne te rappelle rien ? fit Goël.

– Hum !... Non... C'est-à-dire... Si !... Elle ressemble étrangement à la belle inconnue qui a failli nous écraser l'autre jour.

– Eh bien ! c'est Mlle Stroëm... Voilà qui est bizarre !

– Par conséquent, la future Mme Mordax, ajouta M. Lepique avec un grand sérieux.

– À moins qu'elle ne soit lady Tony Fowler, mon cher Goël ? dit soudain une voix à côté d'eux.

Les deux amis se retournèrent, ils se trouvèrent face à face avec un grand jeune homme, vêtu d'un complet à carreaux verts et jaunes. Il portait en sautoir une jumelle, dans un étui de maroquin.

L'inconnu offrait le type le plus parfait du Yankee. Il ne portait pas de barbe ; et la bouche, aux lèvres minces, était surmontée d'un nez fortement busqué. Les yeux enfoncés sous l'arcade sourcilière, dénotaient une grande énergie.

Il tendit franchement la main à Goël :

– Eh bien, vous ne me reconnaissez pas ?

– Si, si, mon cher Tony, répondit Goël après un instant d'hésitation ; mais je ne m'attendais pas à vous rencontrer ici... Il y a bien cinq ans que je ne vous avais vu... Vous aviez disparu si soudainement que, ma foi, je vous avais cru mort !

– Je suis, au contraire, on ne peut plus vivant, et très disposé à conquérir la main de la belle Edda Stroëm.

– Bonne chance, messieurs, s'écria M. Lepique. En cette occasion, je suis heureux, pour ma part, de ne pas être ingénieur. Car une jeune fille qui s'adjuge au concours, merci !... Je souhaite bien du bonheur à qui l'épousera ; mais je crains bien qu'elle ne soit plus difficile à conduire qu'un torpilleur de haute mer.

Et M. Lepique se mit à rire à gorge déployée, de cette plaisanterie qu'il jugeait excellente.

Goël Mordax allait prendre la défense de la jeune fille, quand un consommateur, qui avait entendu les dernières paroles du naturaliste, se leva et se rapprocha des trois jeunes gens.

Une abondante chevelure, noire et frisée, s'échappait de dessous son feutre à longs poils. Ses moustaches longues et brunes étaient soigneusement cosmétiquées. Il était sanglé dans une redingote du meilleur faiseur, et sa boutonnière était ornée d'une rosette multicolore, à prétention de rosace, où les ordres étrangers les plus disparates se côtoyaient dans une touchante fraternité.

Il salua les trois jeunes gens d'un brusque coup de chapeau ; et s'adressant à M. Lepique :

– Môssieu, dit-il d'une voix claironnante qui trahit immédiatement les origines bien marseillaises du nouveau venu, vous parlez plus que légèrement de Mlle Edda Stroëm. Je ne saurais tolérer plus longtemps cet irrévérencieux langage.

M. Lepique demeurait confus.

– Mille pardons, monsieur, interrompit ironiquement Tony Fowler ; à qui avons-nous l'honneur de parler ?

– Au célèbre Marius Coquardot, dit Cantaloup, répondit l'autre en se rengorgeant.

– Votre célébrité doit être bien limitée, reprit le Yankee goguenard. C'est la première fois que j'entends prononcer votre nom.

Un flot de sang monta aux joues du Marseillais. Il paraissait stupéfait de l'audace et de l'ignorance de son interlocuteur.

– Vous n'avez jamais entendu parler de moi ? s'écria-t-il enfin... De moi, le célèbre Cantaloup, connu dans toutes les cours de l'Europe !... De moi, qui me fais gloire d'être l'ami des plus grands souverains !... Mais d'où sortez-vous ? Il n'est personne ici qui ne rende hommage à ma gloire !...

Et d'un geste large, il embrassa la salle entière du café. Mais le geste avait tant d'ampleur, tant de majesté, qu'il semblait englober la terre entière, et une bonne partie des astres environnants.

Tous les consommateurs souriaient : Coquardot, était, en effet, très populaire à Marseille, sa ville natale.

– Mais cela ne m'apprend rien, ricana Tony Fowler.

– Eh bien, voici qui vous l'apprendra.

Et Coquardot tira d'un porte-carte en cuir de Russie, un bristol entièrement doré, portant cet extraordinaire libellé :

MARIUS COQUARDOT, dit CANTALOUP

Artiste culinaire

Officier de l'Instruction publique

Décoré de nombreux ordres étrangers

Membre de l'Académie nationale de cuisine

Ex-officier du service de la Bouche de LL. MM. les Empereurs et Rois d'Angleterre, de Portugal, d'Italie,

Maître d'hôtel particulier de M. Ursen Stroëm

Villa des Glycines Marseille

(Bouches-du-Rhône).

L'Américain s'esclaffa.

– Ah ! vous êtes cuisinier ! fit M. Lepique d'un air goguenard.

– Cuisinier ! Cuisinier !... claironna Cantaloup, en levant les bras au ciel... Artiste culinaire, monsieur ! Auteur d'une traduction du *De re Coquinaria* d'Apicius... Commentateur des œuvres de Marie-Antoine Carême, et de Grimod de la Reynière... descendant, par les femmes, de l'illustre Vatel !... Et vous osez m'appeler cuisinier !

– C'est bon, répondit M. Lepique... Je sais qui vous êtes, et vous fais toutes mes excuses... Voulez-vous me donner la main ?

– Non, monsieur, répliqua dignement Coquardot-Cantaloup. Pas avant que vous n'ayez retiré les paroles blessantes pour l'honneur de Mᶫᶫᵉ Edda Stroëm, que vous avez prononcées tout à l'heure.

– Eh bien, je les retire... Êtes-vous satisfait, maintenant ?

– Vous avez bien fait. Sans cela, vous ne saviez pas à quoi vous vous exposiez.

Les sourcils froncés, Cantaloup se retira majestueusement, après avoir salué les trois amis.

Cependant, la nuit était venue, les globes électriques étincelaient. Goël Mordax et M. Lepique se séparèrent de l'Américain après une cordiale poignée de main.

– Crois-tu que Tony Fowler ait des chances de remporter le prix ? demanda M. Lepique à Goël.

– Pourquoi pas ?... Il a fait de solides études.

– Est-ce un bon camarade ? ajouta timidement M. Lepique.

– Mais certainement, fit Goël après un moment d'hésitation.

– Je ne sais pas ; mais il m'a fait mauvaise impression... Je le croirais facilement jaloux de toi...

Goël haussa les épaules.

Les deux amis continuèrent à marcher, absorbés dans leurs pensées.

– Sapristi ! s'écria tout à coup le naturaliste, j'ai laissé une couleuvre à la consigne... Allons la chercher.

Les deux amis se rendirent à la gare, où le reptile fut délivré.

Ils revenaient sur leurs pas, quand ils furent croisés par une automobile filant à toute allure.

Au bruit qu'elle faisait, les deux jeunes gens relevèrent la tête, et ils reconnurent, dans le véhicule, à la lueur du fanal électrique, la fine silhouette d'Edda Stroëm, la blonde inconnue qui, une fois déjà, avait failli les écraser. Elle leur apparut alors comme la vivante incarnation de la science moderne, la Muse des temps futurs.

II

Le gagnant du concours

C'était le 1er mai qu'Ursen Stroëm avait publié le programme de son fameux concours. Les concurrents avaient devant eux une année entière pour élaborer et mettre au point leurs plans et devis.

Goël Mordax s'était mis au travail dès les premiers jours. Il avait demandé un congé au directeur de la Compagnie où il était ingénieur, et, depuis ce moment, il vivait cloîtré dans sa chambre.

Le concierge lui montait ses repas, chaque jour, à heure fixe. Goël consacrait quelques minutes à peine à se restaurer.

Puis il reprenait sa tâche, recommençant vingt fois ses calculs, couvrant son tableau noir de formules algébriques, entassant épure sur épure. Bien souvent, il lui fallait refaire tout ce qu'il avait si péniblement échafaudé. Un petit détail qui lui avait échappé lui sautait aux yeux ; il fallait envisager la question sous un autre aspect.

Courageusement, il continuait à chercher avec tout l'entêtement de sa race.

« Je réussirai », se répétait-il.

Et il se replongeait fiévreusement dans ses calculs, passant des nuits entières sans prendre de repos.

Il ne voyait personne. Sa porte était rigoureusement consignée, exception faite toutefois pour M. Lepique.

Celui-ci, depuis que la belle saison était passée, avait suspendu ses promenades à la campagne. On ne le rencontrait plus maintenant que chargé de bouquins de toutes dimensions, les poches bourrées de papiers couverts de notes, qu'il oubliait d'ailleurs étourdiment un peu partout.

Il venait fréquemment chez Goël Mordax à la nuit tombante. Quelquefois, il partageait le modeste repas de l'ingénieur. Il s'évertuait à distraire celui-ci en lui racontant tous les petits potins qu'il avait pu recueillir. Entre-temps, il commettait quelque maladresse, pour n'en pas perdre l'habitude, sans doute.

– Tu sais, dit un jour M. Lepique, les projets et les plans arrivent déjà chez Ursen Stroëm...

– Vraiment !

– Oui. Une des pièces de l'hôtel Stroëm en est remplie. Je le tiens du fameux Coquardot.

– Dis-tu cela pour me décourager ?

– Loin de moi cette pensée, répliqua le naturaliste, en s'asseyant négligemment sur une réduction en bois du sous-marin, qui s'écrasa avec un craquement sinistre... Ah ! mon Dieu !...

– Ne te désole pas !... C'est une vieille maquette. Il n'y a pas grand mal, heureusement.

Une autre fois, M. Lepique arriva le visage rayonnant.

– Tu ne sais pas ? dit-il à Goël.

– Pas encore.

– Eh bien, je viens de voir Tony Fowler !

– Il n'y a rien d'étonnant à cela.

– Si !... Il sortait de chez Ursen Stroëm... Il avait l'air furieux.

– Que veux-tu que cela me fasse !

– Mais tu ne comprends donc pas qu'il a été éconduit, comme tous ceux, d'ailleurs, qui se sont présentés chez le Norvégien... Et ils sont légion !...

– Quel intérêt a donc Ursen Stroëm à ne recevoir personne ?

– D'intérêt, il n'en a pas... C'est un original... Il passe la moitié de son temps à bord de son yacht l'*Étoile-Polaire*... Quand il est à terre, il se renferme chez lui.

– Il a sans doute beaucoup d'occupations ?

– Oui... Son courrier, l'organisation des ventes de charité, la construction de lignes de chemins de fer, la fondation d'œuvres de bienfaisance, que sais-je ? lui donnent presque autant de travail qu'à moi une larve de monodontorémus de Meloë ou de Sitaris.

Goël ne put s'empêcher de sourire.

– Bon, dit-il, je comprends la manière d'agir d'Ursen Stroëm... Mais sa fille, il ne s'en occupe donc pas ?

– Mon Dieu, que tu es naïf ! s'exclama M. Lepique en levant les bras au ciel, ce qui eut pour résultat de casser une des ampoules de la suspension... Edda Stroëm est comme son père, un véritable ours. Elle ne reçoit non plus jamais personne, et ne sort qu'accompagnée d'une jeune fille de son âge, Mlle Hélène Séguy.

– Tiens, tu sais son nom !

– Une délicieuse brune... C'est encore Coquardot qui m'a appris cela... Pour le récompenser, je lui ai communiqué une recette de cuisine.

– Tu es donc cuisinier, toi aussi !

– Pourquoi pas ?... Oui, mon cher, la manière d'accommoder les larves de cerf-volant à la chinoise... Lucullus s'en lécherait les doigts !

– Oui, mais Lucullus est mort.

– Tant pis pour lui !... Et tant mieux pour nous !

Cependant, Goël commençait à recueillir les fruits de son labeur acharné. Ses plans et ses devis prenaient une excellente tournure. Encore quelques jours, puis une révision complète de l'ensemble, et il pourrait enfin se reposer.

Une quinzaine s'écoula. On était au 30 mai. La campagne se couvrait de verdure. À la grande joie de M. Lepique, les insectes commençaient à sortir de terre.

Ce matin-là, il vint trouver Goël.

– Eh bien, grand homme, où en sommes-nous ?

– J'ai fini, et je suis très content... Mais dans quel état de délabrement physique !... Je ne dors plus, je ne mange plus, et j'ai des maux d'yeux... J'ai besoin d'un calme absolu.

– Mon pauvre ami, fit M. Lepique, je vais te faire une proposition... J'ai loué, à Endoume, une petite bastide assez confortable, où j'ai transporté ma ménagerie... Il y a une chambre au premier.

– Pourquoi ce déménagement ?

– Des difficultés avec mon propriétaire... À propos de rien, du reste... Au fond, je crois qu'il a peur des scorpions...

– Je comprends ça.

– Donc, je t'emmène… Tu respires le bon air, tu manges bien, tu dors mieux, tu chasses avec moi les insectes, et tu reviens à Marseille solide comme un chêne.

– Entendu. Et merci, mon bon vieux.

Goël empaqueta ses plans, non sans une certaine émotion. Les deux amis allèrent les déposer dans l'immense boîte aux lettres disposée à cet effet à la porte de l'hôtel Stroëm.

Ce ne fut pas sans peine qu'ils y réussirent. L'hôtel était littéralement assiégé par la foule des concurrents.

Tout ce qu'il y avait au monde d'utopistes, de rêveurs, de fous même était accouru à Marseille. Chaque jour, de nouveaux inventeurs semblaient sortir de terre. On voyait des Allemands, au crâne chauve, au menton volontaire, les yeux abrités par de grosses lunettes, les poches gonflées de papiers ; des Anglais, graves et compassés, aux gestes d'automates ; des Italiens, insinuants, au verbe mielleux ; des Espagnols exubérants ; des Hollandais et des Belges indolents, accompagnés de leurs femmes et traînant avec eux une ribambelle d'enfants ; des Russes aux regards d'illuminés ; des Américains aux manières rudes qui bousculaient tout le monde pour arriver plus vite, et même des Japonais, hauts comme des poupées, qui se glissaient souriants dans la foule, avec des clignotements continuels de leurs petits yeux bridés.

Il y en avait de borgnes ; il y en avait de bossus, de manchots, des gros, des grands, des petits, des maigres. Les uns avaient des plans tellement lourds, qu'ils se faisaient accompagner d'un portefaix ; d'autres les traînaient dans des voitures à bras.

Marseille était littéralement envahi par la foule des inventeurs, des illuminés, des détraqués de l'univers entier.

Goël Mordax et M. Lepique, ahuris par la cohue, s'éloignèrent précipitamment. Ils avaient hâte d'être seuls.

Ils jetèrent un dernier coup d'œil sur cette foule de gens affairés et effarés, et ils gagnèrent le joli village d'Endoume.

L'ingénieur et le naturaliste, chassant et pêchant, parcourant la campagne en tous sens, vivaient sans aucun souci, comme s'ils se fussent trouvés à cent lieues de Marseille.

Brusquement, un matin, le vendeur de journaux de la localité les croisa comme ils partaient en excursion.

Il criait à tue-tête :

– Le concours des sous-marins... Décision du jury !

M. Lepique acheta un journal... En dépit de la manchette énorme, le quotidien ne contenait que la courte information suivante :

« Le nom du vainqueur du concours sera proclamé ce soir à six heures... »

– Retournons à Marseille, dit M. Lepique.

– Sans perdre un instant ! ajouta avec agitation Goël Mordax.

La promenade fut ajournée. Ils employèrent la matinée à ranger tout leur attirail et se rendirent à Marseille.

Ils furent étonnés de rencontrer sur leur route de nombreux passants qui se hâtaient, en bandes, vers la ville.

Cependant, une foule plus considérable s'écrasait devant l'hôtel d'Ursen Stroëm, réclamant le nom du vainqueur sur l'air des Lampions. Il avait fallu protéger la demeure du philanthrope par un fort détachement de cavalerie, et toute la police avait été mobilisée pour contenir cette foule turbulente, qui menaçait à tout moment d'envahir l'hôtel.

Enfin, sur le large balcon, un vieux savant à barbe blanche apparut, entouré de messieurs en habit noir et décorés. Il tenait un papier à la main.

Il y eut un grand mouvement dans la foule.

Puis un silence religieux se fit soudain.

Le vieillard fit un geste et proclama d'une voix cassée, mais que chacun entendit distinctement :

– Le vainqueur du concours ouvert par M. Ursen Stroëm est l'ingénieur français Goël Mordax.

À peine eut-il prononcé ce nom, qu'une véritable explosion de cris éclata :

– Vive Goël Mordax ! Vive Mordax !... Vive Goël !... Vive la République !... Vive Goël Mordax !... Vive la France !...

Une voix cria :

– À la maison de l'ingénieur !

– C'est cela ! c'est cela, répondit-on de toutes parts.

– C'est inutile, cria quelqu'un qui venait de reconnaître Goël.

Immédiatement, la foule entoura l'ingénieur qui, sous le coup de la violente émotion qu'il venait d'éprouver, se disposait à rentrer chez lui, en compagnie de M. Lepique.

En dépit de leur résistance, les deux amis furent hissés sur les épaules des enthousiastes, et portés en triomphe au bruit de mille acclamations.

Goël, qui sentait bien le côté ridicule de cette manifestation, se sentait pourtant très touché et très heureux.

Quant à M. Lepique, il jubilait. Sa boîte verte en bandoulière, il se redressait, souriait à la foule, en s'efforçant de donner à sa physionomie une expression de noblesse et de dignité. Beaucoup de gens le prenaient pour Goël.

« Cela a du bon d'être l'ami d'un grand homme », songeait-il.

À un tournant de rue, un remous de foule se produisit. Il y eut une bousculade. Goël et son ami en profitèrent pour sauter à bas des épaules de leurs porteurs et pour gagner une petite rue déserte.

Là, ils se séparèrent, Goël pour retourner chez lui ; M. Lepique, pour aller, en vrai badaud qu'il était, suivre une retraite aux flambeaux improvisée en l'honneur du champion français par le délire patriotique de la foule.

Une fois rentré dans son humble logis de travailleur, Goël s'absorba dans ses pensées. En dépit de l'évidence, il pouvait à peine croire au foudroyant succès qu'il venait de remporter. Une sorte de vertige s'emparait de lui. Il était anéanti, hébété, abasourdi...

La richesse, la science, la gloire et peut-être l'amour, il avait conquis tout cela !... C'était en son honneur que retentissait la clameur des chants et des vivats, parmi la ville illuminée et pavoisée !

En proie à une surexcitation fébrile, il ne put ni manger, ni dormir. Vers minuit, il se rhabilla et descendit ; une promenade au frais, le long des quais, calmerait ses nerfs.

Il allait rentrer après avoir déambulé pendant une heure,

lorsqu'à quelque distance de lui, il aperçut un promeneur, dont les gestes saccadés révélaient une violente agitation.

Goël se rapprocha.

L'inconnu se penchait au-dessus de l'eau comme pour prendre son élan.

Goël hâta le pas et s'élança... juste à temps pour saisir le désespéré à bras-le-corps.

Une courte lutte s'ensuivit.

– Goël Mordax !...

– Tony Fowler !...

Les deux exclamations étaient parties en même temps.

En reconnaissant celui qui venait de le sauver, le Yankee avait poussé un cri de rage.

– Ah ! c'est vous, s'écria-t-il brutalement... Je vous trouverai donc toujours sur mon chemin !... De quel droit venez-vous de m'empêcher de me tuer ?...

– Silence ! dit sévèrement Goël... Vous me remercierez plus tard de vous avoir empêché de vous abandonner à votre désespoir... Ne suis-je pas votre ami ?

– Mon ami !... Allons donc !... Mon ennemi le plus cruel ! Celui qui m'a ravi le prix de mes efforts !... Savez-vous que sans vous je sortais vainqueur du concours !... Je suis classé immédiatement après vous ! Dix ingénieurs des ateliers de mon père avaient peiné toute une année pour élaborer un plan de sous-marin presque parfait... Je me croyais si sûr de vaincre !... Je comptais sur la gloire du triomphe, sur la dot de la richissime et de l'adorable Edda... Tenez, je vous déteste !

Goël écoutait, abasourdi et indigné.

– Vous êtes injuste et jaloux, dit-il... Le dépit et la colère vous égarent.

– Vous vous repentirez de la sottise que vous venez de commettre en m'arrachant à la mort ! s'écria le Yankee avec rage. Adieu ! Vous aurez d'ici peu de mes nouvelles.

Avant que Goël eût eu le temps de revenir de sa surprise et de courir après lui, Tony Fowler s'était perdu dans les ruelles obscures du vieux port. Goël regagna son logis, tout songeur. Une ombre obscurcissait déjà la joie de son triomphe.

III

Edda

M. Lepique, levé dès l'aurore, s'était présenté de bonne heure chez Goël Mordax. Celui-ci, qui venait seulement de rentrer de sa promenade nocturne, était couché.

– Comment, encore au lit, paresseux !... s'écria joyeusement le naturaliste.

– Oui, monsieur, murmura Goël en bâillant... J'ai fort mal dormi... Laisse-moi faire la grasse matinée. Je n'y suis pour personne.

– Entendu, grand homme... Je t'enferme à double tour, et je vais prendre un chocolat... Je reviens dans un instant.

M. Lepique sortit. Sur le seuil, il se trouva nez à nez avec un jeune homme à la figure joviale, vêtu d'un complet marron et coiffé d'un élégant chapeau de paille.

– Dieu merci, j'arrive à temps, dit le jeune homme en saisissant par le bras M. Lepique... Une minute de plus et je vous manquais... Eh bien ! êtes-vous content ?

– Ma foi, oui, répondit M. Lepique, interloqué... Mais à qui ai-je l'honneur ?...

– Ah ! j'oubliais... Marius Castajou, reporter au Petit Marseillais... Je suis chargé de vous interviewer.

– Mais c'est que, je suis très pressé.

– Ça ne fait rien... Trois mots de biographie, dit Castajou... Le reste me regarde.

– Eh bien ! répliqua le naturaliste, j'ai vingt-cinq ans ; je suis né à Dunkerque ; j'ai fait mes études au lycée Henri-IV, à Paris ; j'ai perdu mes parents étant encore enfant... j'habite Marseille.

– Excellent, murmura Marius Castajou, en tirant son carnet de notes. Et quels sont vos appointements ?

– Douze cents francs.

– Je mettrai douze mille !

– Vous êtes bien bon.

– À votre service... Et où en êtes-vous de vos travaux ?

– Cela ne va pas trop mal !... Mais il y a le problème des scolies...

– Qu'est-ce que c'est que ça ?

– Des abeilles.

– Des... Mais, alors, vous n'êtes pas Goël Mordax, le vainqueur ?

– Moi ?... Je suis tout simplement Jérôme Baptiste Artaban Lepique, préparateur au laboratoire du jardin zoologique d'acclimatation de la ville de...

Mais déjà Marius Castajou, furieux du quiproquo, s'éloignait en maudissant le sort qui lui avait fait s'adresser à un naturaliste, au lieu et place d'un ingénieur.

M. Lepique riait aux éclats. Il battit, avec ses longs doigts, une marche joyeuse sur sa boîte verte.

– Elle est bien bonne ! dit-il... Mais attention, il peut en venir d'autres... Remontons... Pour ce matin, je me passerai de chocolat... Avant tout, Goël doit se reposer.

Et, toute la matinée, M. Lepique éconduisit une foule de reporters, dont quelques-uns étaient venus exprès de Paris pour interviewer Goël.

– M. Mordax n'est pas à Marseille, répondait-il invariablement... Adressez-vous au *Petit Marseillais*... Vous demanderez M. Castajou, qui a eu, le premier, l'honneur de s'entretenir avec le vainqueur du concours Ursen Stroëm.

Vers dix heures, il se présenta un valet de pied, revêtu d'une livrée magnifique, sur les boutons de laquelle étaient gravés un U et un S entrelacés.

– C'est pressé, dit-il, en remettant une lettre à M. Lepique. Il n'y a pas de réponse.

Et il se retira.

– Cela vient d'Ursen Stroëm, pensa le naturaliste... Réveillons Goël... Allons, grand homme, debout !

– Laisse-moi dormir.

– Il est bien question de dormir, reprit M. Lepique, en tirant son ami par le bras... Voilà une lettre d'Ursen Stroëm...

Goël, tout à fait réveillé, décacheta fiévreusement la lettre... C'était une simple carte, sur laquelle le Norvégien avait écrit :

« M. Ursen Stroëm prie M. Goël Mordax de lui faire l'honneur de venir déjeuner avec lui, aujourd'hui même, en son hôtel. »

– Allons, dépêche-toi, tu n'as pas de temps à perdre !... Voilà ton pantalon, tes chaussettes, tes bretelles !... As-tu des faux cols ? Oui... Tiens, ton gilet !... Et ta cravate !... Ah ! la voilà !...

Et M. Lepique, au grand amusement de Goël, allait et venait par la chambre, bouleversant tout, vidant les tiroirs, renversant le broc d'eau, se cognant aux meubles.

Tout à coup, il disparut dans un cabinet de débarras contigu à la chambre à coucher.

Goël put alors procéder à sa toilette.

Tout en s'habillant, il pensait à l'invitation d'Ursen Stroëm, quand il fut tiré de ses réflexions par un bruit singulier qui venait du cabinet de débarras.

– Que fais-tu donc, Lepique ? demanda-t-il.

– Ne t'inquiète pas... Je cire tes bottines.

Goël se mit à rire.

« Quel bon garçon », pensa-t-il.

Enfin, Goël se trouva complètement prêt. M. Lepique était ravi.

– Tu es beau comme un astre ! déclara-t-il.

Les deux amis descendirent. M. Lepique accompagna son camarade jusqu'à la demeure d'Ursen Stroëm.

L'hôtel, ou plutôt le palais qu'habitait Ursen Stroëm, était de style moderne, d'un aspect à la fois simple et sévère. Les larges verrières de ses *windows*, sa claire façade de briques vertes et ses fines tourelles aux girouettes dorées donnaient tout de suite l'idée d'un luxe bien compris, et l'on pensait que, dans cette demeure, le vain orgueil de l'apparat était sacrifié aux charmes de l'intimité et du confortable.

Ce ne fut pas sans un battement de cœur que Goël Mordax pénétra dans une serre-vestibule, où des plantes vertes jaillissaient de grands vases de cuivre rouge.

Il prit place sur un tapis roulant qui le déposa, sans heurt et sans secousse, au palier du second étage, où se trouvait le cabinet de travail du milliardaire norvégien. Ce cabinet formait un hémicycle. Au fond, deux grandes portes vitrées permettaient d'apercevoir un laboratoire de chimie et une bibliothèque. D'amples rideaux, suspendus à des tringles de cuivre, pouvaient à l'occasion, dissimuler ces portes. Un bureau de bois de cèdre, deux fauteuils, quelques chaises composaient l'ameublement de cette pièce.

Ursen Stroëm compulsait des dossiers, quand on introduisit Goël. À la vue du jeune ingénieur, il se leva avec vivacité.

– C'est vous, monsieur Goël Mordax ! s'écria-t-il.

Et il serra chaleureusement la main du nouveau venu, en lui désignant un siège.

Ursen Stroëm offrait le type du Scandinave dans toute sa pureté. Il était grand et vigoureux. Une longue barbe d'un blond pâle lui descendait jusque sur la poitrine. Ses cheveux commençaient à peine à grisonner. Ses yeux, d'un bleu glauque, étaient empreints d'une grande douceur. On sentait en lui une intelligence loyale et haute, une volonté énergique et puissante.

Goël demeurait ému et silencieux en présence de ce colosse, dont les regards aigus et limpides semblaient le pénétrer.

– Et d'abord, dit Ursen Stroëm, occupons-nous de choses sérieuses.

Il ouvrit un tiroir, en tira un carnet de chèques dont il remplit quelques feuillets, et les tendit au jeune ingénieur.

– Tenez, voilà cinq chèques d'un million chacun... Vous les toucherez quand il vous plaira.

Goël balbutia un remerciement.

Ursen Stroëm s'amusait de l'embarras de son invité.

– Allons, monsieur, s'écria-t-il en éclatant de rire, remettez-vous... On dirait que je vous fais peur !... Je ne suis pourtant pas un ogre !

– Certainement non, répondit Goël, qui avait repris tout son aplomb... Mais depuis hier, je suis tout désorienté.

– Je comprends cela... L'émotion inévitable qui suit toujours un succès un peu inespéré...

– C'est cela même... Puis, cette fortune, qui, tout à coup...

– Vous vous y habituerez. Vous verrez, c'est très facile... Mais permettez-moi de vous féliciter... J'en ai bien un peu le droit, n'est-ce pas ?

Goël esquissa un geste de protestation.

– Et puis, ajouta le milliardaire, vous savez, la petite note des journaux au sujet de ma fille... Eh bien, je vous avoue franchement qu'elle est presque exacte... Je verrais avec plaisir ma fille épouser un homme de votre valeur... Mais avant tout il faut lui plaire... Ça, c'est votre affaire.

Goël allait répondre, quand le son argentin d'une cloche retentit.

– Allons déjeuner, fit le Norvégien.

La salle à manger, contiguë au cabinet de travail, était une grande pièce carrée, éclairée par de larges vitraux. Sur la table, étincelait une verrerie claire, de style simple. Sur les dressoirs d'érable gris, dans les angles de la pièce, partout, une profusion de bouquets présentaient la splendeur colorée ou la grâce mièvre de leurs fleurs. Au plafond se trouvait une gigantesque rosace dont les arabesques de fleurs, aux pistils polychromes, étaient de minuscules lampes à incandescence.

Ursen Stroëm présenta Goël Mordax à sa fille, Edda et à son amie Hélène Séguy.

Les deux jeunes filles formaient un contraste frappant. Edda était grande, mince, élancée et blonde comme son père. Elle avait les mêmes yeux bleu glauque, couleur de mer et de rêve. Son visage était empreint d'une certaine gravité, et son sourire enchantait par une douceur mystérieuse. Elle avait reçu, comme la plupart de ses compatriotes, une instruction très étendue. Nulle science, même parmi les plus arides, ne lui était étrangère.

La compagne d'Edda, Mlle Hélène Séguy, était une petite brune, coquette et vive, fort jolie, aux grands yeux noirs pleins d'une finesse malicieuse. Elle causait avec infiniment d'esprit, s'amusait de tout, riant à tout propos et même hors de propos.

C'était la fille de l'ancienne institutrice d'Edda. Quand elle mourut, Ursen Stroëm avait, pour ainsi dire, adopté Hélène. L'orpheline avait grandi aux côtés d'Edda, dont elle était restée l'amie plutôt que la demoiselle de compagnie.

La native distinction et la beauté d'Edda firent une grande impression sur Goël Mordax. Malgré l'étendue de ses connaissances, la jeune fille n'était ni pédante, ni prétentieuse. Goël fut enchanté de cet accueil si simple, si cordial.

– Vous devez, comme tous les autres, dit Edda, regarder mon père comme un parfait excentrique...

– C'est généralement l'opinion que l'on a de M. Stroëm, interrompit railleusement Mlle Séguy.

– On se trompe, repartit Edda avec chaleur... Mon père est au-dessus des opinions et des préjugés de son siècle, voilà tout... Il s'est donné pour mission d'accélérer la marche en avant du progrès humain, trop lent à son gré.

– C'est une noble ambition, répondit Goël.

– Allons, Edda, fit gaiement Ursen Stroëm, cesse de chanter mes louanges... M. Mordax se fera sans toi une opinion personnelle sur mon compte.

Il y eut une accalmie dans la conversation. On attaquait une succulente bisque d'écrevisses.

Ce jour-là, Coquardot, dit Cantaloup, s'était surpassé. Inédits et délicieux, les plats se succédaient, décorés d'appellations emphatiques. La pièce la plus admirée fut – délicate attention – une timbale en forme de sous-marin.

– Submersible et comestible..., remarqua le Norvégien avec un rire bon enfant.

Rien n'y manquait. Les gouvernails étaient figurés par de fines tranches de jambon d'York, les hublots par des rondelles de pistache, et l'hélice avait été sculptée dans une énorme truffe. Cette timbale, pompeusement baptisée « timbale sous-marine à la Goël », eut un véritable succès.

Le service était fait automatiquement. Au centre de la table, se trouvait un grand carreau de porcelaine, qui jouait le rôle de monte-charge. Il suffisait d'appuyer sur un bouton électrique pour voir disparaître les plats vides, immédiatement remplacés par de nombreux services.

Au dessert, arrosé de crus d'élite, la conversation était devenue très animée. Goël développait ses projets avec enthousiasme. Edda se sentait ravie et comme transportée par l'ardente éloquence du jeune ingénieur. Son amabilité, simplement polie, du début, avait fait place à un laisser-aller plein de confiance. Ses regards brillaient de plaisir. Goël Mordax la contemplait avec extase.

– À propos, demanda brusquement Ursen Stroëm, avez-vous donné votre démission, monsieur Mordax ?

– Non, mais je compte l'envoyer aujourd'hui même.

– Inutile. Je me charge de ce soin.

Et s'approchant d'un appareil téléphonique dissimulé dans un angle, il avertit, séance tenante, le directeur de la Compagnie de transports où était employé Goël, de n'avoir plus, désormais, à compter sur ses services.

« M. Mordax, ajouta-t-il, compte aller chez vous, monsieur le directeur, dans le courant de l'après-midi, pour vous offrir ses regrets et vous confirmer sa démission... »

– Là, voilà qui est fait, dit Ursen Stroëm en se frottant les mains... N'avez-vous rien autre chose qui vous retienne à Marseille ?

– Non, monsieur... Je n'ai guère d'amis et je n'ai plus de famille.

– Très bien... Alors, si vous n'y voyez pas d'inconvénient, nous allons partir aujourd'hui même pour la Corse.

« Dans deux jours, on commencera à construire les chantiers de notre sous-marin. »

Gaël ne pouvait s'empêcher de penser que c'était aller un peu vite en besogne. Mais, déjà, Ursen Stroëm téléphonait au capitaine de son yacht l'*Étoile-Polaire* de se tenir prêt à appareiller immédiatement.

Goël demeurait interloqué. Mlle Séguy, ainsi qu'Edda, riaient, riaient, vraiment très amusées.

– Laissez-moi faire, dit Ursen Stroëm... Vous vous habituerez à mes façons expéditives.

– Mais je n'ai pas fait mes malles.

– Vous trouverez à bord du yacht tout ce qu'il vous faudra...

– Et vous serez à l'abri des ovations, des reporters et des photographes, ajouta Edda en souriant.

Goël jugea que toute résistance serait inutile.

– Allons, soit, dit-il, je pars. Mais auparavant, je voudrais dire adieu à mon meilleur ami, M. Lepique.

– Que fait-il, votre ami ? interrogea Ursen Stroëm.

– Il est naturaliste.

– Très bien. Nous l'emmènerons aussi... Coquardot va se mettre à sa recherche.

Goël ne trouva rien à répliquer.

Pendant que l'artiste culinaire courait chez M. Lepique, tout le monde prenait place dans l'automobile d'Ursen Stroëm, et l'on filait à toute vitesse vers le port de la Joliette.

Une heure après, Ursen Stroëm et ses amis, déjà installés à bord du yacht, arpentaient le pont avec impatience, en attendant le retour de Coquardot.

On le vit enfin paraître sur le quai, poussant devant lui M. Lepique, toujours flanqué de sa boîte verte et les mains embarrassées d'une quantité de petites cages et de flacons. Un matelot les suivait, chargé de filets à insectes, de paquets de livres et de bocaux où grouillaient des reptiles.

M. Lepique et sa ménagerie, en un clin d'œil, eurent pris place sur le pont du yacht. Aussitôt, les ancres furent hissées, la vapeur s'engouffra dans les tiroirs, et l'*Étoile-Polaire* cingla vers le large.

Sur la dunette, Goël armé d'une lunette marine, regardait distraitement le panorama de Marseille, lorsque, tout à coup, il tressaillit...

Il venait d'apercevoir son irréconciliable ennemi Tony Fowler, qui, les bras croisés, le visage crispé de haine, regardait le yacht s'éloigner.

IV

Au travail

La construction du sous-marin, commencée depuis six mois à peine, était poussée avec une activité fébrile. Il était presque terminé.

Les chantiers s'élevaient au fond du golfe de la Girolata, dans la Balagne déserte, la partie la plus sauvage de la Corse.

Ce n'est qu'après de mûres réflexions que le milliardaire norvégien s'était décidé à choisir cet emplacement. Il n'ignorait pas que tous les grands ateliers, toutes les grandes usines françaises sont infestés d'espions industriels qui ont vite fait de s'emparer d'un procédé nouveau, d'un perfectionnement intéressant qu'ils se hâtent d'aller vendre à quelque puissance étrangère.

À la Girolata, Ursen Stroëm aurait son personnel en main, la surveillance serait beaucoup plus facile et les indésirables seraient promptement reconnus et congédiés. Goël, aussi bien que son mécène, tenait beaucoup à ce que les merveilleuses inventions du *Jules-Verne* ne pussent être utilisées dans une guerre mondiale par des impérialistes sans scrupules.

L'entrée de ce golfe est dessinée par deux promontoires abrupts, à la pointe desquels deux vieilles tours en ruine, du temps des Sarrasins, semblent avoir été placées comme deux sentinelles avancées. Au fond, s'étagent les pentes de la montagne, couvertes d'olives sauvages, d'amandiers et de châtaigniers. Au-delà commence le maquis, fouillis inextricable de plantes et d'arbustes où croissent, pêle-mêle, les cistes, les arbousiers, les genévriers, les myrtes, les ronces, et des labiées de toutes sortes.

C'est au pied de cette montagne, au milieu d'une véritable forêt d'eucalyptus, plantés par Ursen Stroëm pour assainir cette côte ravagée par la malaria, que s'élevait la villa du Norvégien. La rustique habitation était entièrement démontable, et pouvait être ainsi transportée suivant le bon plaisir de son propriétaire.

Pendant que Goël Mordax et Ursen Stroëm stimulaient le zèle des travailleurs, M. Lepique, lui, explorait le maquis, sa boîte verte en bandoulière, son filet à papillons sur l'épaule. Quelquefois, Edda et Goël se joignaient à lui dans ses excursions, mais, le plus souvent, il était accompagné seulement de Mlle Séguy, que les distractions et la naïveté presque enfantine du naturaliste amusaient follement.

Il n'était pas de mauvais tour qu'elle ne lui jouât ; mais M. Lepique supportait ces taquineries avec placidité. Un jour, pourtant, il faillit se fâcher. Au cours d'une promenade, Hélène eut la malice de faire asseoir le naturaliste sur une fourmilière. En un clin d'œil, il fut couvert d'insectes.

La jeune fille, tout en se mordant les lèvres pour ne pas rire, consolait hypocritement l'infortuné naturaliste.

– Vous avez donc juré ma mort, mademoiselle ! s'écria-t-il tout à coup avec un accent tragique.

– Ma foi, non, monsieur Lepique... Vous vous effrayez de bien peu de chose !

À la grande joie de la jeune fille, M. Lepique paraissait très effrayé.

– Savez-vous, mademoiselle, reprit-il gravement, que la piqûre de ces insectes est quelquefois mortelle !... Les habitants de ce pays le savent bien. Ils appellent cette fourmi *innafantato* et la craignent autant que le scorpion !

Mlle Séguy ne riait plus. Elle aida le naturaliste à se débarrasser des fourmis... Mais M. Lepique se vengea. Pendant trois heures, il fit à son gentil bourreau un cours complet de myrmécologie tellement hérissé de termes barbares, que la jeune fille dut demander grâce. Mais M. Lepique demeura inflexible comme la destinée.

– Je finis à l'instant, dit-il...

Et il parla encore pendant une heure.

Les ateliers s'élevaient à quelque distance de la villa, à l'extrémité d'une petite plage. Une centaine d'ouvriers y étaient employés. Tous avaient pris l'engagement de ne pas quitter la Corse avant l'achèvement du sous-marin, les détails de sa construction et la date de ses essais devant rester secrets jusqu'à nouvel ordre. C'étaient pour la plupart des Français et des Italiens. Les autres, une dizaine environ, étaient anglais ou américains.

Parmi ces derniers, se trouvait un contremaître, nommé Robert Knipp, qu'Ursen Stroëm avait embauché sur la recommandation de l'ingénieur américain Holland.

C'était un homme dans toute la force de l'âge, à la fois robuste et intelligent. En dehors des heures de travail, il parlait peu et s'isolait volontiers. Jamais on ne l'avait vu prendre une goutte d'alcool.

Ursen Stroëm et Goël étaient très satisfaits de ses services et, d'avance, ils regrettaient d'être obligés de le congédier après le lancement du *Jules-Verne*.

C'est Ursen Stroëm qui avait exigé que le sous-marin portât le nom du romancier dont les ouvrages avaient charmé sa jeunesse. Le Norvégien se plaisait à raconter qu'étant enfant, la lecture de *Vingt mille lieues sous les mers* l'avait enthousiasmé, et que les prouesses du capitaine Nemo et du *Nautilus* l'avaient, plus tard, décidé à s'occuper de navigation sous-marine.

C'est un hommage dû à ce romancier, dont les ouvrages sans prétention ont tant fait pour la vulgarisation des sciences, disait Ursen Stroëm.

Goël eût préféré donner à son navire le nom de la fille du Norvégien. Mais il lui avait fallu s'incliner devant la décision de M. Stroëm.

Edda s'intéressait vivement aux travaux de l'ingénieur, qu'elle accompagnait souvent aux ateliers de construction. Sa sympathie pour Goël Mordax augmentait de jour en jour. Ce n'était pas encore de l'amour, mais il y avait entre les deux jeunes gens une parité de goûts et de sentiments qui ne devait pas tarder à se changer en un sentiment plus tendre.

D'ailleurs, si Goël Mordax évitait toute allusion aux paroles d'Ursen Stroëm, au sujet du mariage de sa fille, M. Lepique était moins réservé.

– Eh bien ! grand homme, lui demandait-il parfois, quand il se trouvait seul avec son ami, quand te maries-tu ? À quand la noce ?... Je tiens à le savoir, car il me faut un habit neuf.

Tout en parlant, il secouait sa grande houppelande, d'où montait un nuage épais de poussière, aux relents de naphtaline.

Goël haussait les épaules et répondait invariablement :

– Laisse-moi tranquille !... Va donc tenir compagnie à Mlle Séguy... Va faire ton petit Hercule aux pieds d'Omphale !

Pourtant, depuis quelques jours, le caractère si gai et si franc d'Edda Stroëm paraissait se modifier. Inquiète et nerveuse, elle restait de longues heures à la fenêtre de sa chambre, écoutant, comme en rêve, l'amical bavardage de Mlle Séguy.

Hélène avait sans peine deviné le secret d'Edda. La jeune fille aimait Goël, et elle souffrait de la discrétion de l'ingénieur, de la lenteur qu'il mettait à lui déclarer son amour. Mlle Séguy résolut d'accélérer la marche des événements et de rendre à sa chère Edda son sourire coutumier. Elle songea d'abord à s'adjoindre dans cette tâche M. Lepique ; mais, dès les premiers mots, le naturaliste se regimba.

– Agissez seule, mademoiselle, déclara-t-il nettement !... Je n'entends rien à ces subtiles questions de psychologie sentimentale... Je craindrais de commettre des impairs. De plus, les études que j'ai entreprises sur le venin de l'araignée malmignathe, ce grand destructeur des sauterelles, ne me laissent pas un moment de loisir.

Le même jour, Hélène s'arrangea pour rencontrer Goël, comme par hasard, dans les environs du chantier de construction du *Jules-Verne*.

– Eh bien ! lui demanda-t-elle gracieusement, où en êtes-vous, monsieur Mordax ?

– La semaine prochaine, répondit l'inventeur, nous procéderons au lancement du *Jules-Verne*.

– Maintenant, on distingue nettement la forme de votre navire... On dirait un œuf énorme, un œuf qui aurait vingt-cinq ou trente mètres de long et qui serait d'un métal aussi brillant que l'argent.

– Mon sous-marin est en nickel vanadié. Le nickel, presque aussi résistant que l'acier, mais près de moitié plus léger, pouvait seul me permettre de donner au *Jules-Verne* cette épaisseur de coque formidable, qui lui permettra d'atteindre les plus grandes profondeurs sans être aplati par les pressions considérables qu'il aura à supporter... Sans entrer dans des détails de chiffres, vous faites-vous une idée de la pesanteur d'une colonne d'eau de cent mètres de haut par exemple ? Un navire ordinaire serait aplati, broyé, réduit à l'état de simple galette.

– Il me semble que j'aurais peur, là-dedans... On doit courir de grands dangers !

– À bord du *Jules-Verne*, la sécurité sera complète... Au moindre danger, le sous-marin regagnera la surface.

– Comment cela ?

– En chassant l'eau des réservoirs d'immersion au moyen de l'air liquide, dont la détente gazeuse est d'une puissance considérable. Si, par suite d'avaries, cela ne suffisait pas, je puis encore alléger le sous-marin en le détachant du chariot métallique sur lequel il est monté – ce qui lui permet de courir sur le fonds des mers à la façon d'une automobile.

– C'est merveilleux... Et comment vous dirigez vous ?

– À la surface, à l'aide de la vision directe par les hublots de la coupole d'observation... Sous les flots, à l'aide du compas, dont les erreurs sont corrigées par le gyroscope.

– Mais la vision sous l'eau étant limitée, comment prévenez-vous les collisions ?

– Au moyen de vigies sous-marines... Ce sont de petits appareils en forme de torpille, reliés au navire par deux câbles électriques... Ils flottent à deux cents mètres en avant... Rencontrent-ils un obstacle ? Une sonnerie automatique les avertit du danger... Enfin, je peux savoir ce qui se passe à la surface de la mer, tout en restant immergé...

– Vraiment ?

– Oui... au moyen du téléphote... Cet appareil fonctionne comme le téléphone, mais la membrane vibrante est remplacée par un miroir... Mon téléphote est enfermé dans un flotteur insubmersible, qui, sans quitter la surface, accompagne le sous-marin dans sa course.

– Mais on sera horriblement mal, dans votre bateau, au milieu de tout ce bric-à-brac d'appareils !

– Non point. On y respirera aussi facilement qu'à terre... L'acide carbonique et la vapeur d'eau seront absorbés par la potasse caustique. Des bonbonnes d'air liquide renouvelleront la provision d'oxygène, et des sels avides d'azote s'empareront de l'excès de ce gaz.

– Vous avez réponse à tout... Et l'éclairage ?

– Il sera électrique... Les dynamos fourniront à la fois la force motrice et la lumière.

– Très bien... Et comment éclairerez-vous les travailleurs, au fond de l'eau ?

– Au moyen de lampes-torpilles flottantes, immergées entre deux eaux et reliées au sous-marin. Elles éclaireront la mer sur un espace d'un mille carré. Enfin, un énorme fanal, situé sous la coque du navire, éclairera le fond, qui, formant écran, réfléchira les faisceaux lumineux. Les scaphandriers y verront aussi clair qu'en plein jour.

– Parfait... Mais ces hommes seront d'autant plus exposés aux attaques des monstres que ceux-ci les verront mieux !

– C'est vrai. Les gros poissons et les cétacés seront repoussés à coups de canon.

– Comment, un canon sous l'eau ? Un canon à poudre ?

– Mais oui, mademoiselle... Un clapet, s'ouvrant au moyen d'un déclenchement automatique, est disposé à la bouche du canon.

– Alors, vous pourrez recueillir les riches épaves ?

– Rien de plus facile.

– Vous voulez rire !

– Je suis au contraire très sérieux... Au moyen de cisailles, de pinces et de tenailles automatiques, on disloque l'épave, puis on fixe à chaque fragment, au moyen d'une ventouse, un sac de caoutchouc à parois épaisses, qu'un flacon d'air liquide gonfle instantanément. L'on abandonne le tout, et le sac remonte à la surface. Là, un navire recueille l'épave.

– Très ingénieux... Mais pour sortir du sous-marin immergé, comment faites-vous ?

– J'ai disposé une chambre de plonge. Les scaphandriers y pénètrent, on les y enferme. Puis, cette chambre est lentement remplie d'eau... On ouvre la porte extérieure, et voilà tout !

– Et voilà tout !... Vous êtes charmant. On dirait que c'est tout simple !

– Dame !

Goël continua, avec l'enthousiasme de tout créateur pour son œuvre, la description du *Jules-Verne*.

Mᴸᴸᵉ Séguy ne l'écoutait plus que distraitement. Elle n'était pas venue pour interroger l'ingénieur sur le sous-marin. Elle avait hâte de changer le sujet de la conversation.

Mais l'ingénieur n'en finissait pas. Il s'étendait complaisamment sur les détails les plus futiles. La jeune fille s'impatientait. Brusquement elle interrompit Goël.

– Avez-vous remarqué, demanda-t-elle, combien Edda est changée depuis quelque temps.

– Oui, en effet... Que peut-elle avoir ?

– Comment, c'est vous qui me demandez cela ?

– Mais...

– Ne cherchez pas à vous défendre... Laisserez vous souffrir plus longtemps une jeune fille qui vous aime, et que...

– Ah ! mon Dieu ! s'écria Goël... Elle m'aime !

– Et vous l'aimez aussi !

– Ah ! si Edda n'avait pas ses millions, il y a longtemps que je me serais déclaré !

– Ses millions ! reprit Hélène... Elle est la première à regretter d'être si riche... Ah ! les coureurs de dot ne lui ont pas manqué !... Elle les a tous évincés... Si je vous disais que, parmi les concurrents, beaucoup, comptant plus sur leur belle mine que sur leurs talents, lui ont envoyé leur photographie !

– Croyez-vous, mademoiselle, interrompit Goël, que mon succès dans le concours Stroëm soit pour quelque chose dans l'affection que me porte Mᴸᴸᵉ Edda ?

– Oh ! monsieur Mordax, Edda a surtout apprécié en vous votre loyauté, votre franchise, votre mérite personnel, et surtout votre désintéressement... Vous absent, elle est triste et inquiète, mais aux repas, le soir, au salon, avec quel ravissement elle vous écoute... De grâce, n'attendez pas plus longtemps pour lui avouer franchement votre amour.

Goël était embarrassé. Les révélations de Mᴸᴸᵉ Séguy le troublaient délicieusement. Il allait répondre à la jeune fille, lorsque la voix d'Edda se fit entendre.

– Eh bien, demanda-t-elle, souriante, que complotez-vous là, tous les deux ?

– Nous complotions ton bonheur, répondit Mlle Séguy.

Edda rougit. Elle n'osait regarder Goël qui, se tenait devant elle, étonné de la hardiesse de Mlle Séguy.

– Mais oui, votre bonheur à tous deux, continua Hélène en poussant les deux jeunes gens l'un vers l'autre.

Très émus, Edda et Goël se tenaient par la main et se regardaient sans mot dire. Le visage rayonnant de Goël disait assez clairement ses sentiments. Hélène, à quelques pas de là, contemplait cette scène en souriant.

– Eh bien ! eh bien ! gronda tout à coup la grosse voix d'Ursen Stroëm, je vous y prends, les amoureux !... Au lieu de rester à vous regarder, vous feriez mieux de vous embrasser !... C'est comme cela que ça se passe, en Norvège.

Bien que surpris par la soudaine arrivée d'Ursen Stroëm, Goël n'avait pas quitté la main d'Edda.

– Monsieur, dit-il en s'avançant vers le milliardaire, j'ai l'honneur de vous demander...

– C'est une affaire entendue, fit en riant Ursen Stroëm. Pas tant d'étiquette ! Vous vous convenez ? C'est parfait. Cela vous regarde.

Puis, changeant brusquement de ton :

– Mes chers enfants, ajouta-t-il en attirant les deux jeunes gens contre sa poitrine, recevez la bénédiction de votre père.

Il les embrassa tous deux.

Et, se tournant vers Mlle Séguy, dont les yeux étaient humides de larmes :

– Vous mériteriez, mademoiselle, d'être sévèrement grondée...

La remontrance se termina dans un chorus d'éclats de rire.

V

Un triomphe de Coquardot

M. Lepique errait comme une âme en peine sur la plage du golfe de la Girolata. M. Lepique était désolé ; il y avait bien de quoi !... Du jour où les fiançailles de Goël Mordax et d'Edda Stroëm avaient été convenues, Mlle Séguy avait cessé de taquiner le naïf naturaliste et de s'occuper de lui.

Les journées paraissaient longues à M. Lepique. Quelquefois, quand, penché sur un nid de « chalicodome », il suivait, avec une inlassable patience, les évolutions de l'insecte, il lui semblait entendre rire derrière lui. Brusquement, il se retournait, mais il n'y avait personne. Seulement, sur la pointe d'une roche, une mouette-rieuse (*larus garrulans*), le cou tendu, faisait retentir son ironique ricanement.

M. Lepique n'avait plus de goût au travail. Il promenait sa mélancolie par les sentiers, tout en se livrant à des remarques peu flatteuses pour la plus belle moitié du genre humain.

Un jour, il fut tiré de ses réflexions par un brusque choc. Marchant la tête baissée, sa boîte verte rejetée derrière le dos, il venait de se jeter étourdiment sur M. de Noirtier, le capitaine du yacht l'*Étoile-Polaire*.

M. de Noirtier était un homme d'une cinquantaine d'années. Ancien officier de marine, sans fortune, retraité avant l'âge à cause de ses nombreuses blessures, il avait été très heureux d'accepter le commandement de l'*Étoile-Polaire*, que lui offrait Ursen Stroëm. Il aimait la mer avec passion et n'était jamais plus heureux que sur le pont d'un navire.

– Eh bien ! monsieur Lepique, dit-il en retenant le naturaliste qui trébuchait, vous ne me voyiez pas ?

– Pardon, capitaine, dit M. Lepique, en rétablissant l'équilibre de ses lunettes, j'étais si absorbé !...

– Vous êtes tout excusé, mon cher monsieur... mais, dites-moi, que pensez-vous du *Jules-Verne* ?

– Merveilleux appareil, capitaine, archi-merveilleux... Grâce au

Jules-Verne, je vais pouvoir étudier de visu la faune sous-marine... J'explore d'abord la Méditerranée, puis l'Atlantique, puis l'océan Indien... Je jette un coup d'œil rapide sur les mers arctique et antarctique ; j'explore le Maelstrom. Puis, je reviens à Paris. Je fais paraître un mémoire, et je suis nommé membre de l'Académie des Sciences et professeur au Collège de France ! Voilà !

– Eh bien ! et vos amis ?

– Je les emmène avec moi. C'est tout naturel.

M. de Noirtier sourit. Et, montrant la coupole du sous-marin qui émergeait au milieu de la baie et scintillait aux rayons du soleil :

– Fort bien, dit-il... Mais je vous demande ce que vous pensez du *Jules-Verne* au point de vue technique ?

M. Lepique regarda le capitaine d'un air effaré.

– Je ne suis ni marin, ni ingénieur, répondit-il... Mais je vous certifie que le sous-marin fonctionne à merveille, puisque c'est Goël qui l'a construit.

M. de Noirtier dut se contenter de cette affirmation. M. Lepique venait d'apercevoir Mlle Séguy et se dirigeait vers elle avec empressement.

– Voyons, monsieur Lepique, vous n'allez pas venir déjeuner avec tout cet attirail, dit la jeune fille, en frappant du bout de son ombrelle la fameuse boîte verte.

– Comment, je ne suis pas bien, comme cela ?

– Vous êtes tout simplement affreux... Allez vous vêtir convenablement, ou je ne vous parle jamais plus... Fi ! venir avec un pareil accoutrement à un déjeuner de fiançailles !... à un repas solennel !...

M. Lepique était heureux. Il s'éloigna à grandes enjambées ; en exécutant un superbe moulinet autour de sa tête avec son filet à papillons.

Sur la plage, on avait dressé une vaste tente décorée de feuillage et recouvrant une table en fer à cheval, sur laquelle les fleurs, répandues à profusion, mêlaient leurs nuances gaies au scintillement des cristaux et de l'argenterie.

Ursen Stroëm avait voulu donner beaucoup d'éclat à la

célébration des fiançailles de Goël et d'Edda. Il devait licencier, le jour même, la plus grande partie des ouvriers. Mais, avant de les congédier, il tenait à les remercier du concours qu'ils avaient apporté à la construction du sous-marin.

Dans la baie, le *Jules-Verne*, solidement amarré sur ses ancres, ne laissait voir qu'une partie de sa coupole, décorée pour la circonstance de guirlandes de chêne et de myrte, au milieu desquelles tranchaient les vives couleurs des pavillons de toutes les nations.

Ursen Stroëm n'avait pas oublié que les ingénieurs du monde entier avaient répondu à son appel, et il entendait affirmer hautement le caractère universel de son humanitaire entreprise.

L'heure du repas était enfin venue.

Au moment où Edda Stroëm allait prendre place, un groupe d'ouvriers, conduits par Robert Knipp et Pierre Auger, principal chef de chantier et homme de confiance d'Ursen Stroëm, s'approcha d'elle et lui offrit un magnifique bouquet de fleurs sauvages.

Robert Knipp remit le bouquet à la jeune fille et la félicita, au nom de ses camarades. Edda remercia par quelques paroles très simples et serra affectueusement la main du contremaître et de son compagnon.

M. Lepique vint aussitôt complimenter la jeune fille et son ami Goël. Comme il allait gagner sa place, Mlle Séguy l'arrêta.

– Vous croyez que je vais m'asseoir à côté de vous, fagoté comme vous l'êtes ! dit-elle... Qu'est-ce que c'est que ce nœud de cravate ?

M. Lepique rougit. Il avait passé près d'une heure à sa toilette et se croyait mis avec une correction impeccable. Mais l'œil de la malicieuse Hélène avait saisi de suite le côté défectueux de son accoutrement.

– Venez ici, fit Hélène avec autorité... Bien que cela ne soit guère correct de ma part, je vais vous recravater.

M. Lepique, confus, tendit le cou avec résignation.

– Ah ! vous voilà enfin présentable !... Maintenant, offrez-moi votre bras, et à table !

Ursen Stroëm avait, à sa gauche, sa fille et Goël Mordax. À sa droite, Mlle Séguy et M. Lepique. En face de ce dernier, Coquardot, dit Canteloup, avait pris place. Il donnait des ordres à toute une armée de gâte-sauce, de rôtisseurs et de pâtissiers, et, violant les principes les plus élémentaires de l'étiquette, il quittait à tout moment sa place, pour aller surveiller ses fourneaux.

Ursen Stroëm éprouvait un plaisir véritable à voir autour de lui ses rudes et énergiques ouvriers, aux gestes maladroits, émerveillés du luxe inouï qui les entourait. Et il s'amusait fort de leurs mines effarées.

Le repas fut très gai. Quant au menu, il était tout simplement fantastique... Macaroni au parmesan et polenta, rosbifs saignants escortés de pickles à la moutarde et de sauces épicées ; anchois, caviar, bouillabaisse, ollapodrida, choucroute – le tout supérieurement préparé sous la direction de Cantaloup – se succédaient sans relâche sur la table, et disparaissaient avec une rapidité qui tenait du prodige.

Le déjeuner avait commencé par une excellente soupe aux nids d'hirondelles. En la présentant, Coquardot fit valoir ses connaissances littéraires en citant le proverbe chinois qui célèbre ce potage si renommé :

« Si l'esprit de la vie, si l'âme immortelle quittait le corps d'un homme, l'odeur seule de ce mets divin le ferait revenir sur terre, sachant bien que le paradis ne peut offrir de délices qui soient comparables à cette merveilleuse nourriture. »

Des applaudissements éclatèrent de toutes parts. Encouragé par ce premier succès, Cantaloup expliqua comment on préparait la soupe aux nids d'hirondelles. Mais, cette fois, son discours ne fut qu'une simple recette de cuisine.

Faites fondre les nids jusqu'à ce qu'ils aient pris l'aspect d'une gelée brune ; ajoutez à cette gelée des nerfs de daim, des pieds de porc, les nageoires d'un jeune requin, des œufs de pluvier, du macis, de la cannelle et du poivre rouge... Faites cuire sur un feu doux, et servez chaud.

Pendant que Cantaloup parlait, M. Lepique avait absorbé son potage, et bravement il tendit son assiette en disant :

– Il n'y en a plus ?

Une tempête de rires accueillit la demande de M. Lepique... Mlle Séguy prit sa mine la plus sévère :

– Voyons, monsieur Lepique, vous n'êtes plus un enfant... C'est fort inconvenant, monsieur, de redemander d'un plat en tendant ainsi son assiette.

– Ah ! c'est inconvenant !... C'est fort regrettable !... Cantaloup, mon ami, dit-il, en se tournant vers l'artiste culinaire, votre potage est excellent ; vous m'en garderez un peu pour ce soir.

Les rires redoublèrent à cette nouvelle sortie de M. Lepique, et Mlle Séguy lui dit gravement :

– Monsieur Lepique, si vous prononcez encore un mot, je vous prive de dessert !

M. Lepique baissa le nez sur son assiette, et n'ouvrit la bouche que pour manger.

Edda et Goël semblaient ne pas voir ce qui se passait autour d'eux. Ils s'entretenaient à mi-voix, bâtissant mille projets pour l'avenir. C'est à peine s'ils faisaient honneur aux merveilles culinaires de Cantaloup, qui les pressait à tout moment.

– Allons, mademoiselle Edda !... Allons, monsieur Goël, dégustez-moi ce hérisson farci, cuit dans une boule de glaise, à la mode bohémienne.

Mais le brave Cantaloup en était pour ses frais d'éloquence.

Pour faire couler cette abondance de nourriture, pour éteindre le feu des épices, on buvait ferme dans le clan des ouvriers... Et quels vins !... Jamais ils n'en avaient bu de pareils !... Aussi s'en donnaient-ils à cœur joie !... Seul, le contremaître, Robert Knipp, toujours taciturne, ne buvait que de l'eau. On ne put le décider à prendre même un peu de champagne.

Ursen Stroëm admirait la sobriété du contremaître. Les ouvriers, moins philosophes, se moquaient de Robert Knipp, qui restait impassible sous le feu de leurs railleries. Un étrange sourire errait sur ses lèvres minces.

Vers la fin du repas, Ursen Stroëm se leva et réclama le silence.

– Mes amis, dit-il, je serai bref... Il va falloir nous séparer. Mais avant de vous quitter, peut-être pour toujours, je tiens à vous remercier de l'aide que vous m'avez apportée... Grâce à vous, le *Jules-Verne* a été rapidement construit et va pouvoir se lancer à la conquête des régions sous-marines. Je remercie, en vous, non de simples salariés, mais de véritables collaborateurs !...

Un tonnerre d'applaudissements couvrit les dernières paroles d'Ursen Stroëm. Mais le délire fut à son comble quand un de ses ouvriers, ayant déplié la fine serviette à dessert sur laquelle était posée sa tasse, en fit tomber dix billets de mille francs. Chaque ouvrier en avait autant. Et maintenant, debout, brandissant les papiers bleus au bout de leurs mains robustes, ils criaient à gorge déployée :

– Vive Ursen Stroëm !

– Hourra ! Hip ! hip ! hourra !

– Vive Goël Mordax !

On ne s'entendait plus, Edda Stroëm ne savait comment échapper à ce débordement d'enthousiasme. Toute la journée, les échos du golfe retentirent des cris de joie et des chants des ouvriers.

Ursen Stroëm et ses amis étaient descendus dans le *Jules-Verne*, dont l'aménagement intérieur n'était pas encore tout à fait terminé.

Il avait été décidé que Goël et Edda, accompagnés d'Ursen Stroëm, de M. Lepique et de Mlle Séguy, entreprendraient une croisière d'une quinzaine à bord de l'*Étoile-Polaire*, pendant que les tapissiers et les ébénistes, sous la surveillance du chef de chantier Pierre Auger, procéderaient à la dernière toilette du sous-marin.

Le lendemain, tous les ouvriers licenciés devaient quitter les baraquements qu'ils avaient occupés pendant la durée des travaux et s'embarquer à la première heure pour regagner le continent.

La visite du sous-marin terminée, on regagna la rive. La nuit tombait. Les étoiles s'allumaient déjà dans le ciel. La plage était maintenant silencieuse et déserte ; les ouvriers avaient regagné leur campement.

M. Lepique et Mlle Séguy marchaient devant leurs amis. Tout l'après-midi, la jeune fille n'avait cessé de taquiner le savant, qui ne s'était jamais trouvé si heureux. Ils devisaient joyeusement, lorsque leur attention fut attirée par des ronflements sonores.

– C'est sans doute quelque victime des grands crus d'Ursen Stroëm, dit Mlle Séguy... Ce doit être un brave homme qui est dans les vignes du Seigneur !

– Sûrement... Mais il ne peut passer la nuit en plein air, répondit

M. Lepique.

– Où est-il donc ?

– Par là...

Et M. Lepique se dirigea vers le fourré de lentisques d'où provenaient les ronflements. Mais il n'avait pas fait trois pas qu'il trébuchait et s'étendait de tout son long.

– Eh bien ! qu'y a-t-il ? demanda Hélène, en réprimant une violente envie de rire.

– Il y a que ce diable d'ivrogne m'a fait tomber...

Tout en parlant, M. Lepique se relevait et regardait la face de l'ivrogne.

– Par exemple ! s'écria-t-il, c'est un comble !... C'est trop fort ! Venez tous !

Mlle Séguy le rejoignit, suivi d'Ursen Stroëm, d'Edda, de Goël et du capitaine de Noirtier.

– Voyez vous-mêmes, leur dit-il...

Tous se penchèrent et ne purent retenir une exclamation d'étonnement...

À leurs pieds, Robert Knipp, l'homme du régime sec, l'abstinent Robert Knipp, le buveur de thé, gisait, ivre mort, et ronflait à poings fermés. Auprès de lui, il y avait un flacon vide. C'était un carafon d'alcool que Robert Knipp, le modèle des hommes sobres, avait sournoisement dérobé à la fin du repas.

VI

Le complot

Durant la semaine qui suivit la victoire de Goël Mordax, une vive effervescence avait régné à Marseille. Les concurrents malheureux et mécontents étaient nombreux et criaient à l'injustice sur tous les tons. Chaque jour, c'était des meetings de protestation où la police était obligée d'intervenir. Les inventeurs maniaques étaient presque tous devenus fous furieux, et les maisons de santé regorgeaient de pensionnaires de toutes les nations.

Ceux qu'avait tentés l'appât des cinq millions de prime, et qui avaient dépensé leurs derniers sous pour venir à Marseille, ne savaient comment regagner leur pays. Ursen Stroëm, aussi prévoyant que généreux, avait pourtant mis à la disposition de la municipalité de Marseille une somme considérable pour couvrir les frais de rapatriement de ces pauvres diables. Mais les uns avaient dédaigneusement refusé la somme qu'on leur offrait et qu'ils considéraient comme une aumône ; les autres avaient accepté sans scrupule, mais étaient demeurés à Marseille, où ils dépensaient l'argent en orgies, les autres en brochures injurieuses pour Ursen Stroëm et Goël Mordax.

Le plus mécontent de tous était Tony Fowler. Le succès de son ancien camarade d'études lui restait sur le cœur. Il ruminait des projets de vengeance et il englobait dans sa haine Ursen Stroëm et Goël, Edda et même M. Lepique.

Fils d'un milliardaire américain qui avait gagné sa fortune dans le trust des aciers, Tony Fowler avait caressé l'espoir de joindre les millions d'Edda à sa propre fortune et de devenir ainsi l'homme le plus riche de la terre entière.

Obligé de renoncer à cette chimère, il en voulait aux ingénieurs de son père, qui n'avaient pas su construire le sous-marin idéal. Il regrettait l'argent qu'il leur avait donné, et, songeant à son insuccès, il pleurait de rage. Sa haine contre Goël était d'autant plus violente que le fiancé d'Edda l'avait empêché de se suicider, dans un moment où le désespoir l'avait rendu fou.

« Ah ! tu as eu pitié de moi, songeait-il... Tu verras ce qu'il t'en coûtera, Breton maudit !... »

Quand il avait vu son rival s'éloigner à bord de l'*Étoile-Polaire*, il avait éprouvé un horrible serrement de cœur. Il lui semblait que le yacht qui emportait la jeune fille emportait en même temps quelque chose de lui-même.

En dépit des lettres de son père qui le pressait de revenir en Amérique, Tony Fowler ne pouvait se décider à quitter Marseille. Il écrivit à son père qu'il ne rentrerait pas chez lui avant d'avoir vu manœuvrer le sous-marin de Goël Mordax. Il suivait anxieusement les nouvelles que, chaque jour, donnaient les journaux sur ce sujet d'actualité.

Comme tout le monde, il s'étonnait que les puissances européennes ne se fussent pas opposées à la construction d'un sous-marin idéal. Mais il eut bientôt l'explication de cette anomalie. Ursen Stroëm était soutenu par toutes les ligues en faveur de la paix. L'Amérique elle-même le protégeait occultement, et la plupart des chancelleries regardaient d'un œil favorable la tentative d'Ursen Stroëm, bien déterminées, chacune pour son compte, à travailler ferme le Norvégien pour détourner l'invention de Goël à leur profit.

Un soir, Tony Fowler, en se promenant sur le port, croisa un individu, en qui il eut vite fait de reconnaître un compatriote. L'inconnu salua le jeune homme avec respect.

– Bonjour, monsieur Fowler.

Tony le dévisagea... La physionomie du nouveau venu lui était inconnue.

– Je comprends que vous ne me reconnaissiez pas... Je m'appelle Robert Knipp, et j'ai été employé, autrefois, dans les ateliers de votre père, en Amérique.

– Ah ! vous avez travaillé chez mon père ! fit Tony... Et maintenant, que faites-vous ?

– Récemment, j'étais contremaître dans les chantiers de Goël Mordax, et j'ai assisté au lancement du *Jules-Verne*, comme on l'appelle.

– Alors, vous devez connaître à fond ce merveilleux appareil ?

– Nullement... Chacun travaillait à une pièce détachée et l'assemblage...

Robert Knipp s'interrompit, fit un geste et sourit ironiquement.

– Pourquoi me demandez-vous cela ? continua-t-il.

– Je vous comprends, reprit Tony Fowler... Vous voulez être payé ?

– Oui... fit brusquement Robert Knipp.

– Et pourrai-je compter sur votre dévouement ?

– Cela dépendra du prix.

Pendant quelques instants, les deux hommes s'entretinrent à voix basse.

– Suivez-moi, dit enfin Robert Knipp.

– Où cela ?

– Suivez-moi, vous dis-je, et vous serez satisfait.

Robert Knipp entraîna son compagnon à travers le dédale des ruelles obscures et puantes du vieux port.

Enfin, il pénétra dans un cabaret d'apparence sinistre, où une dizaine d'Anglo-Saxons, ceux-là mêmes qui avaient été employés par Ursen Stroëm, chantaient, jouaient aux cartes et fumaient en lampant des « flipps » variés.

L'ex-contremaître s'entretint à voix basse avec chacun de ses camarades et, quelques minutes plus tard, après une dernière conférence avec Tony Fowler, celui-ci leur faisait une distribution de dollars.

– C'est entendu, dit-il, en accompagnant Tony Fowler jusqu'à la porte... Tous seront exacts au rendez-vous.

Les deux hommes se serrèrent la main, et Tony Fowler regagna son hôtel en souriant énigmatiquement.

VII

Un drame à bord

L'*Étoile-Polaire* était un yacht à vapeur de six cents tonneaux. Sa machine, d'une force de deux cents chevaux, était à chaudière tubulaire et à tirage forcé. En pleine marche, le yacht filait facilement vingt-huit nœuds. En outre, le yacht était pourvu d'un appareil de T.S.F. perfectionné par Goël Mordax et Ursen Stroëm. De cette façon, les touristes demeuraient en communication constante avec les ateliers du sous-marin, et étaient tenus chaque jour au courant de ce qui se passait à la Girolata.

Le capitaine, M. de Noirtier, était un excellent marin, et il avait maintes fois donné des preuves de son sang-froid et de son habileté. Il avait lui-même recruté les marins de l'équipage de son yacht, et il n'avait admis, à bord de l'*Étoile-Polaire*, que de vieux loups de mer d'une fidélité et d'un dévouement à toute épreuve.

L'*Étoile-Polaire*, depuis deux jours déjà, avait quitté le golfe de la Girolata et commencé sa croisière. Après avoir doublé le cap Corse, le yacht visitait, l'une après l'autre, les îles pittoresques et à demi sauvages situées entre la Corse et la péninsule italienne : Capraja, Elbe, Pianosa, Giglio et Monte-Cristo. Le temps était magnifique et la mer si calme, que le yacht semblait glisser sur un lac d'huile.

La vie, à bord, s'écoulait dans un véritable enchantement. Edda et Goël contemplaient le magnifique panorama du ciel, de la mer azurée et des îles en fleurs. Et leur amour s'augmentait de la magnificence de ce splendide décor d'une poésie grandiose.

Ursen Stroëm travaillait et discutait, heureux du bonheur de ceux qui l'entouraient. Quelquefois, il s'absorbait dans une partie d'échecs avec le capitaine de Noirtier, qui le battait invariablement. Coquardot chantonnait, en rêvassant à la confection de quelque plat inédit, Mlle Séguy taquinait le pauvre M. Lepique, qui, seul, au milieu de l'allégresse générale, ne riait pas.

Pauvre M. Lepique ! Il n'avait pas le pied marin, le cœur encore moins... M. Lepique était malade, malade à rendre l'âme. Il geignait et se lamentait continuellement.

– Allons, grand enfant, disait Mlle Séguy, du courage !... Ce n'est qu'un moment à passer.

– Du courage, j'en ai, mademoiselle, je vous assure que j'en ai... Mais seulement...

Le reste de la phrase se perdait dans un bredouillement confus.

– Monsieur Coquardot, criait la jeune fille, un peu d'éther et de citron pour M. Lepique !

Et Coquardot, le sourire aux lèvres, apparaissait, un plateau à la main :

– La citronnade demandée... voilà !...

Cependant, M. Lepique finit par triompher de son ridicule malaise. Quand on passa au large de Monte-Cristo, il était tout à fait rétabli. Seulement, quand on voulut l'emmener dans l'île pour récolter quelques insectes, il refusa énergiquement.

– Je suis bien ici, j'y reste !... répétait-il.

– Mais, pourquoi ne voulez-vous pas descendre ?

– C'est qu'il faudrait me rembarquer !

– Eh bien ?

– Eh bien, j'ai peur d'une rechute.

– Malgré tout ce qu'on put dire de lui, malgré l'envie qu'il avait lui-même de descendre à terre, il s'entêta dans son refus et demeura à bord, au grand amusement d'Ursen Stroëm et de ses amis.

Le matin même, grâce à l'appareil de T.S.F., qui reliait l'*Étoile-Polaire* aux chantiers du *Jules-Verne*, Pierre Auger, l'homme de confiance d'Ursen Stroëm, avait donné des nouvelles des travaux.

Goël apprit avec plaisir que les dispositifs de l'aménagement intérieur étaient poussés avec la plus grande activité. En même temps que l'on mettait la dernière main au capitonnage, à l'ameublement, aux dorures et aux peintures de la partie habitable du *Jules-Verne*, on commençait déjà à embarquer dans les soutes les vivres et les produits chimiques indispensables au fonctionnement des machines.

Ursen Stroëm et Goël voyaient avec joie approcher la date de leur premier voyage d'exploration sous-marine.

L'excursion dans l'île devenue à jamais célèbre depuis le roman d'Alexandre Dumas : Monte-Cristo, fut des plus gaies. On pêcha dans les petits golfes de l'île, on chassa sous les forêts de citronniers et de lentisques sauvages. Mais Edda et Goël cherchèrent vainement dans les broussailles l'emplacement de la caverne indiquée par l'abbé Faria.

Quand ils regagnèrent l'*Étoile-Polaire,* ils aperçurent M. Lepique qui se promenait avec agitation sur le pont.

– Merveilleux navire que votre yacht, monsieur Stroëm, dit-il au Norvégien en lui donnant une énergique poignée de main.

– Ah ! ah ! vous commencez à vous habituer aux excursions en pleine mer !

– Il s'agit bien de cela ! répliqua vivement le naturaliste... Venez voir ce que j'ai trouvé, en faisant une petite promenade sur la cale et sur le pont...

Et il entraîna tout le monde dans sa cabine. Là, sur la table, des bouchons, alignés comme des soldats à l'exercice, supportaient des insectes de formes diverses, le corps traversé d'une épingle.

– Hein !... que pensez-vous de cela ? dit M. Lepique avec orgueil... Vous revenez les mains vides, et moi, sans me déranger, j'ai fait une chasse, une chasse miraculeuse ! La faune entomologique de l'*Étoile-Polaire* est désormais déterminée et classée.

– Quelle horreur ! s'écria Mlle Séguy... Nous faire voir ces ignobles bêtes avant de nous mettre à table !

– Ignoble est le mot, fit M. Lepique... Celle-ci, bizarrement découpée, est le kakerlac orthoptère, puant et répugnant, cousin germain des blattes, dont voici de superbes spécimens. Celui-là, c'est l'authrène des musées ; cet autre, l'attagène des pelleteries, tous deux grands destructeurs de fourrures.

– Qu'est-ce que cela ? demanda Edda, en désignant un animal vermifore, de quelques millimètres de long, collé sur une bande de papier.

– C'est la larve du dermeste du lard... Je l'ai trouvé sur une couenne, dans la soute aux vivres.

– Diable ! fit Stroëm... Voilà un consommateur de charcuterie dont il faudra purger le navire.

– Ainsi que des blattes et des kakerlacs, répondit M. Lepique, si toutefois vous le pouvez.

Il présenta ensuite toute une collection de dévastateurs. Ceux-ci s'attaquaient au cuir, ceux-là au bois ; d'autres dévoraient les vêtements.

– Mais ce que j'ai trouvé de plus curieux, dit en terminant le naturaliste, c'est un champignon qui me paraît nouveau. Il ressemble un peu à la clavaire ou menotte et se développe sur le bois... J'en ai recueilli plusieurs exemplaires.

En même temps, il exhibait, aux yeux de ses amis étonnés, deux ou trois boulettes déchiquetées, desséchées et noirâtres.

– Je ne l'ai pas encore déterminé, fit-il, mais je serais heureux si Mlle Séguy voulait bien accepter le parrainage.

– Halte là ! s'écria tout à coup M. de Noirtier... Ne l'écoutez pas, mademoiselle... Si M. Lepique veut flairer d'un peu près son champignon, il reconnaîtra sans peine qu'il a affaire à une vieille chique de tabac.

Effaré, M. Lepique laissa tomber ses prétendus cryptogames et s'élança sur le pont. Son départ fut accompagné de formidables éclats de rires.

Après le repas, où les découvertes de M. Lepique servirent de thème à une foule de plaisanteries, on passa sur le pont, où les tentes de toile écrue, installées pendant le jour, avaient été relevées, et chacun prit place sur des fauteuils pliants.

Ursen Stroëm offrit un régalia à M. Lepique et à Goël. L'*Étoile-Polaire* marchait à petite vapeur. La brise attiédie de la Méditerranée était chargée de capiteux effluves émanés des fourrés de myrtes et de citronniers de l'île de Monte-Cristo, dont on voyait les sommets, d'un violet pâle, diminuer lentement au fond de l'horizon qu'illuminaient les rayons argentés de la pleine lune. L'heure était exquise et unique. Tous s'abandonnaient à leur rêverie, bercés par le ronron monotone de l'hélice, par la douceur d'un roulis et d'un tangage à peine perceptible. Goël avait pris entre ses mains une des fines mains d'Edda...

Ce religieux silence fut tout à coup troublé par la voix aigre de M. Lepique.

– Avec tout ça, dit-il, vous ne nous avez toujours pas raconté, monsieur Stroëm, comment vous avez fait votre fortune ?

– La voilà bien, la gaffe ! murmura Mlle Séguy, en donnant un vigoureux coup de coude au malencontreux questionneur.

Edda et Goël se regardèrent, brusquement tirés de leur songe. Puis, en voyant la mine du malheureux M. Lepique, ils eurent un violent accès de rire, auquel Ursen Stroëm fut le premier à se joindre.

– La question de notre ami Lepique, répondit-il, est toute naturelle, et je suis très heureux de cette occasion qui va me permettre de vous raconter mes débuts, dont, en véritable parvenu, je suis demeuré très vaniteux... En Norvège, dans notre mélancolique pays de neiges et de fjords, nous naissons hommes d'action. À la mort de mon père, j'avais dix-sept ans. Il ne me vint pas à l'idée, comme cela fût arrivé à beaucoup de jeunes Français de mon âge et dans ma situation, de solliciter un emploi dans une administration de l'État, une sinécure peu rétribuée, qui m'eût permis de mener une existence routinière et sans tracas... Je me lançai immédiatement dans le commerce des bois de Norvège. Je me mariai. J'installai plusieurs scieries, un comptoir à Berghen et l'autre à Drontheim ; et, pendant quelque temps, mes affaires prospérèrent... Un accident que je ne pouvais prévoir, l'incendie de mon entrepôt principal, vint me plonger dans la misère.

Ici, la voix d'Ursen Stroëm se fit plus grave, comme attendrie par l'écho d'une tristesse :

– La mère d'Edda mourut... Tout m'accablait. Je réunis les débris épars de ma fortune. Je confiai ma fille aux soins d'une vieille parente, et je m'embarquai pour l'Alaska... Je n'avais alors que vingt-cinq ans. J'étais à l'âge où, avec de l'énergie, on peut recommencer une existence, se refaire une situation... À cette époque, l'Alaska était encore fort peu connu. Quelques rares aventuriers parcouraient seuls ses solitudes immenses. Désespérant de jamais rétablir ma fortune dans ce pays maudit, je voulus me rendre à la baie d'Hudson, pour faire le commerce des pelleteries. Vingt fois, j'ai failli périr. Je rencontrai une tribu d'Esquimaux, au dire desquels il se trouvait, beaucoup plus au nord, des placers d'une richesse incalculable... Je me joignis à ces pêcheurs nomades, buvant comme eux l'huile des phoques et le lait des rennes, traversant parfois, dans un traîneau attelé de chiens esquimaux, des centaines de kilomètres de plaines glacées, sans un arbre, sans une herbe, hantées seulement par l'ours blanc, le renard et le lièvre polaire.

– Avez-vous eu l'occasion de recueillir quelques insectes de ces régions ? demanda M. Lepique.

– Ma foi, non, répliqua Ursen Stroëm... Mais, en revanche, j'ai découvert de magnifiques gisements aurifères, sur la côte occidentale du Groenland, me contentant d'emporter, cette première fois, quelques lingots... J'y suis revenu l'année d'après, avec une expédition bien organisée... Telle est la source de ma fortune.

– Mon père oublie de dire, fit Edda, qu'il fit de ses trésors une large part à tous ceux qui l'avaient accompagné.

– Cela était d'une justice tout à fait élémentaire, repartit le Norvégien... On n'est pas digne d'être riche lorsqu'on fait de ses richesses un emploi égoïste.

– On ne peut pas vous faire ce reproche, dit Goël. Outre la construction du *Jules-Verne*, vous avez, au vu et su de tout le monde, encouragé et commandité des centaines d'entreprises utiles au bien-être de l'humanité.

Ursen Stroëm en convint.

– Mais ce qu'il y a de plus curieux, ajouta-t-il, c'est que beaucoup d'entreprises, conçues par moi dans un but philanthropique, et dont j'avais cru le capital sacrifié, m'ont donné d'excellents résultats au point de vue financier : l'assainissement des marécages de la Sardaigne, par exemple.

– Il en sera de même du *Jules-Verne*, construit par notre cher Goël, et de l'exploitation industrielle des richesses sous-marines ! s'écria Edda avec enthousiasme.

Goël ajouta gravement :

– La mer, qui couvre les deux tiers de la surface du globe, renferme des milliards et des milliards sous forme de mines, de minéraux, de quoi décupler, centupler même le bien-être et la puissance humaine, de quoi faire disparaître à jamais de la surface de la terre le vice, la misère et la laideur. C'est la science souveraine qui doit donner à l'homme le bonheur auquel il a droit par son intelligence et les efforts de son travail séculaire.

Tout le monde était retombé dans le silence. Chacun entrevoyait, pour l'avenir des sociétés et des peuples, des horizons grandioses.

Petit à petit, l'on avait regagné les cabines. Edda et Goël, demeurés les derniers, finirent par se retirer aussi. Il ne resta sur le pont que Coquardot, qui, couché de tout son long à l'avant, sur un rouleau de vieilles voiles, avait trouvé la nuit si belle qu'il avait résolu de la passer sur le pont.

Cependant, Edda, après avoir vainement cherché le sommeil, était remontée sur la dunette. La brise du soir rafraîchissait ses tempes enfiévrées. Elle s'enivrait de calme et de solitude, de cette belle nuit transparente et bleue, de cette ombre pétrie de lumière, où de petites vagues d'azur, que la lune couronnait d'un faible panache d'argent, venaient bruire doucement contre la muraille du navire. Sur le pont de l'*Étoile-Polaire*, on n'entendait aucun bruit.

À l'avant, non loin de Coquardot, les deux hommes de quart dormaient, enveloppés dans leurs cabans de gros drap.

Tout à coup, Edda tressaillit. Il lui avait semblé entendre un grincement le long de la paroi de bâbord.

« Bah ! songea-t-elle, c'est quelque chaîne que l'on aura oublié d'amarrer. »

Presque au même moment, elle crut entendre ramper avec précaution non loin d'elle.

Edda était brave. Elle s'avança pour voir d'où provenait le bruit suspect.

Mais à peine avait-elle fait un pas, que trois ombres se dressèrent brusquement et fondirent sur elle.

La jeune fille poussa un cri. Déjà, une main se posait sur sa bouche. Elle se trouvait réduite au silence.

En un clin d'œil, elle fut bâillonnée et garrottée.

Et ses étranges ravisseurs l'emportèrent dans la direction de la coupée de bâbord.

Cependant, si peu de bruit qu'eût produit cette lutte, cela avait suffi pour tirer Coquardot de sa paresseuse somnolence.

– Hein !... Quoi !... s'écria-t-il brusquement, sans comprendre encore de quoi il s'agissait.

Et, sans se donner le temps de réfléchir à ce qui se passait, il se précipita au secours d'Edda, au moment précis où un des bandits – un homme aux formes athlétiques – descendait le corps de la jeune fille par l'échelle de la coupée.

– Au secours ! au secours !... s'écria Coquardot de toutes ses forces.

Et il décocha un formidable coup de tête à l'un des ravisseurs.

Mais le troisième bandit saisit l'infortuné cuisinier par la ceinture et le précipita dans la mer.

Une fois encore, on entendit la voix de Coquardot... Puis tout rentra dans le silence !...

Vainement, les hommes de quart, réveillés par les appels du cuisinier ; vainement tout l'équipage, Ursen Stroëm, Goël et M. Lepique mirent-ils les embarcations à la mer... Les petites vagues argentées couraient tranquillement sous la lune ; aucun navire, aucune terre n'était en vue.

Edda, Coquardot et leurs ravisseurs s'étaient évanouis sans laisser la moindre trace de leur inexplicable disparition.

VIII

Décisions

À bord de l'*Étoile-Polaire*, l'affolement et le désespoir étaient à leur comble. Ursen Stroëm et Goël Mordax, incapables de prononcer une parole, se serraient les mains en pleurant.

Le capitaine de Noirtier avait fait mettre à la mer toutes les embarcations : la chaloupe, le canot et la yole. Les matelots, munis de torches et de gaffes, explorèrent la mer dans un large rayon autour du yacht.

Sur une idée de M. Lepique, Ursen Stroëm fit installer de puissants fanaux électriques, qui furent hissés en tête du grand mât et d'aveuglants et gigantesques faisceaux de lumière blanche fouillèrent jusqu'aux derniers recoins de l'horizon. Au bout d'une heure et demie de travaux, il fallut bien se résoudre à convenir que tout cela était inutile.

M. de Noirtier et M. Lepique, qui seuls avaient conservé un peu de sang-froid, supposaient qu'Edda avait dû tomber à la mer accidentellement, que Coquardot s'était précipité à son secours, et que tous deux avaient coulé à fond.

Cependant, cette façon de voir ne put tenir devant le témoignage des marins, qui avaient entendu les cris désespérés du cuisinier, et qui avaient vu ses adversaires le précipiter à la mer. Les événements demeuraient enveloppés de mystère.

M. Lepique et Mlle Séguy essayaient vainement de consoler Ursen Stroëm et Goël. Le père et le fiancé d'Edda, unis dans une même douleur, continuaient à pleurer silencieusement.

Ce fut Ursen Stroëm qui reprit, le premier, tout son sang-froid. Il se leva brusquement, les poings serrés, la face effrayante de colère contenue et de sombre énergie. Ses yeux verts étincelaient et semblaient phosphorer dans la nuit.

– Je retrouverai ma fille ! s'écria-t-il... Et je dépenserai, s'il le faut, pour cela, mes inutiles millions !... Ah ! que ne suis-je encore le pauvre aventurier de jadis, sans autre fortune que mes bras et mon cerveau !... Ah ! ma chère Edda, es-tu toujours vivante ?

La résolution d'Ursen Stroëm fut d'un heureux effet sur l'abattement de Goël.

– Nous retrouverons Edda ! s'écria-t-il à son tour. Elle n'est pas morte !... Elle ne peut être morte... Peut-être suis-je sur le point d'avoir la clef du mystère !

Le capitaine de Noirtier, M. Lepique et Mlle Séguy regardèrent Goël avec surprise, avec pitié. Ils crurent que la douleur le faisait divaguer. Seul, Ursen Stroëm portait attention à ses paroles.

Goël continua :

– Et d'abord, la première chose à faire, c'est de télégraphier immédiatement à la Girolata, pour activer l'achèvement du *Jules-Verne*.

– Pourquoi faire ? demanda M. Lepique.

– Je comprends... Cela suffit, répliqua Ursen Stroëm.

Goël s'était précipité vers le récepteur du télégraphe sans fil, installé près de la roue du timonier. Ursen Stroëm fit fonctionner les manipulateurs.

Ce fut en vain.

– Il y a un accident, une interruption de courant ? demanda Mlle Séguy.

– Il y a peut-être autre chose, répondit M. Lepique.

Ursen Stroëm et Goël s'étaient regardés.

Tous deux venaient d'avoir la même pensée.

– Il y a certainement corrélation, murmura Goël, entre l'enlèvement d'Edda et l'interruption du courant...

– C'est possible. Je comprends votre idée, répondit Ursen Stroëm à voix basse.

Et, se retournant vers le capitaine de Noirtier :

– Qu'on vire de bord, tout de suite, ordonna-t-il... Qu'on pousse les feux et qu'on fasse route vers le cap Corse, avec le maximum de vitesse.

Les ordres furent immédiatement exécutés. La vapeur à haute pression fusa dans les tiroirs, s'engouffra dans les cylindres des pistons, et l'*Étoile-Polaire*, virant cap pour cap, fit route vers la Corse.

Une demi-heure s'était à peine écoulée, que les cimes bleuâtres de l'île de Monte-Cristo furent signalées.

Ursen Stroëm et Goël s'entretenaient à voix basse sur le pont, lorsque, tout à coup, la sonnerie de l'appareil de T.S.F. retentit énergiquement.

– Vous voyez, fit triomphalement M. Lepique, le courant est rétabli... C'était un accident.

– Nous allons bien savoir quelque chose, grommela Ursen Stroëm.

Le ruban de papier bleu pâle se déroula.

Goël lut au milieu de l'anxiété générale :

« Le *Jules-Verne* a été enlevé par des bandits. Hier matin, environ une heure après que je vous eus télégraphié des nouvelles rassurantes, une troupe d'hommes en armes est sortie du maquis, a mis le feu aux magasins et aux ateliers, s'est élancée sur les travailleurs, qui ont été presque tous grièvement blessés. À ma grande indignation, j'ai reconnu parmi les assaillants un certain nombre d'ouvriers américains, naguère employés dans nos ateliers. Le mécanicien Robert Knipp paraissait être à leur tête... »

– Des Américains... Robert Knipp !... s'écria Goël... Je comprends tout, maintenant... Le ravisseur d'Edda, le voleur du *Jules-Verne* ne peut être que Tony Fowler... Le mystère de cette nuit s'explique : ce n'est qu'à l'aide de notre sous-marin que les misérables ont pu disparaître si rapidement !

– Je suis de l'avis de Goël, s'écria M. Lepique.

– Quel est ce Tony Fowler ? demanda Ursen Stroëm, le visage contracté par la fureur, les poings serrés.

Ce fut Mlle Séguy qui répondit :

– Mais, monsieur Stroëm, vous le connaissez, ce Tony Fowler !... C'est un des concurrents évincés, un jeune Américain milliardaire... Il avait même réussi à se faire présenter à vous et à Edda, qui ne pouvait le souffrir...

– C'était un des anciens camarades de Goël, ajouta M. Lepique... Et Goël lui avait sauvé la vie.

– Oui... Il voulait se suicider, parce que ses plans n'avaient pas été primés au concours. Je l'en ai empêché, et, depuis, il m'a voué une haine mortelle.

– Si vous lui avez sauvé la vie, il ne peut en être autrement, fit amèrement Ursen Stroëm... Je me souviens, en effet, maintenant de ce Tony Fowler : Les plans qu'il nous avait présentés étaient parfaits dans le détail, mais ne concordaient pas pour l'ensemble... Il était facile de voir qu'ils étaient dus à un grand nombre de collaborateurs.

Cependant, le ruban de papier bleu continuait à se dérouler. On lut le reste de la dépêche.

Pierre Auger expliquait comment il avait été fait prisonnier. Blessé, il avait été emmené dans le maquis et attaché au tronc d'un châtaignier.

Délivré par des paysans, il avait trouvé, à son retour au golfe de la Girolata, le *Jules-Verne* disparu, les ateliers en ruine, les travailleurs blessés ou en fuite. Heureusement, la cabine de la T.S.F. avait échappé aux pillards, et il s'empressait d'apprendre à M. Ursen Stroëm la fatale nouvelle.

Tout le monde était atterré.

Il fallait, au plus vite, se mettre à la recherche du sous-marin.

Pendant que l'*Étoile-Polaire* regagnait à toute vitesse la Girolata, les passagers tenaient conseil. Il importait tout d'abord de reconstruire un nouveau sous-marin, plus rapide que celui qui venait d'être si audacieusement volé par Tony Fowler.

De plus, Ursen Stroëm voulait retrouver, si c'était possible, le corps de l'infortuné Coquardot, que les matelots de quart affirmaient avoir vu tomber à la mer. Il fut décidé à ce sujet que M. de Noirtier reviendrait sur le lieu de la catastrophe et explorerait, à l'aide de sondes, le fond de la mer à cet endroit, dont le point avait été exactement relevé.

Dès l'arrivée, on s'occupa de soigner les blessés pendant que M. de Noirtier repartait pour aller accomplir la mission qui lui avait été confiée.

Mlle Séguy, devenue infirmière, ne quittait plus ses malades.

M. Lepique passait ses journées en compagnie d'Ursen Stroëm et de Goël à rédiger des notes aux journaux, pour annoncer à l'univers entier le crime sans précédent commis par l'Américain. Des primes considérables étaient offertes à quiconque pourrait fournir le moindre renseignement sur le sous-marin.

On avait appris, par le maître de chantier Pierre Auger, que l'approvisionnement du *Jules-Verne* n'était pas terminé, et que la soute aux vivres serait bientôt vide. Il fallait à tout prix empêcher Tony Fowler de se ravitailler.

On télégraphia dans tous les grands ports de la Méditerranée, et le signalement de Tony Fowler et de Robert Knipp fut envoyé aux syndics, aux chefs de port, à la police maritime, jusque dans les plus petites bourgades du littoral, ainsi que leurs photographies, qu'on avait réussi à se procurer.

Dès le retour de M. de Noirtier, on devait se mettre en campagne. Celui-ci ne tarda pas à arriver, mais il n'apportait aucune nouvelle du cuisinier Coquardot. Son cadavre avait dû être entraîné au large par les courants. Il était sans doute devenu la proie des crustacés et des squales.

M. de Noirtier avait essayé de prendre des photographies du fond de la mer, mais la catastrophe avait eu lieu à la surface d'un abîme de plus de mille mètres, au-dessus duquel il était difficile d'opérer.

Toutes les recherches demeurèrent également infructueuses.

Des semaines se passèrent, et aucun navire, aucun sémaphore ne signala la présence du *Jules-Verne*. Ursen Stroëm et Goël commençaient à retomber dans le désespoir.

La coque de l'autre sous-marin, le *Jules-Verne II*, improvisée, pour ainsi dire, à coups de billets de banque, en quelques semaines, s'allongeait déjà sur les chantiers.

Quant à M. de Noirtier, il avait embarqué à bord de l'*Étoile-Polaire* une collection de bouées automatiques à microphones, d'avertisseurs-torpilles électriques, et il croisait à l'entrée du détroit de Gibraltar. L'équipage avait été doublé, et l'on veillait sans relâche à bord du yacht. Il fallait à tout prix empêcher Tony Fowler de passer de la Méditerranée dans l'Atlantique, avant l'achèvement du second sous-marin, auquel deux équipes d'ouvriers travaillaient nuit et jour, en se relayant.

Quand ils auraient à leur disposition le *Jules Verne II*, Ursen

Stroëm et Goël comptaient bien donner la chasse au pirate et lui arracher sa proie.

IX

Où l'on revoit Coquardot

Coquardot, dit Cantaloup, nageait admirablement.

Précipité à la mer, il s'enfonça d'abord. Puis, d'un vigoureux coup de talon, il revint à la surface.

Tout de suite, ses mains s'accrochèrent à une balustrade de fer, presque au ras de l'eau, et qui l'aida à se hisser sur une plate-forme de métal, au milieu de laquelle s'ouvrait un trou circulaire.

C'est alors que Coquardot renouvela ses appels désespérés. Puis, illuminé d'une idée subite :

– Parbleu ! s'écria-t-il, pendant que je faisais mon plongeon, c'est par là qu'ils ont dû disparaître, les ravisseurs de Mlle Edda...

Et, bravement, il s'engagea dans l'ouverture sombre, au moment précis où celui de ses adversaires qui l'avait précipité du pont de l'*Étoile-Polaire* le rejoignait et allait sans doute lui faire un mauvais parti.

L'inconnu étouffa un juron, et s'engouffra à son tour dans le « trou d'homme » dont il rabattit sur lui le couvercle caoutchouté.

Coquardot, qui avait descendu un petit escalier de fer assez rapide, se trouva dans un couloir de métal, au milieu d'épaisses ténèbres. Il perçut un bruit d'eau qui s'engouffre, et sentit osciller la masse du navire. Le sous-marin venait de remplir ses « water-ballast » en s'enfonçant.

Coquardot, dit Cantaloup, était de cette race de Méridionaux dont le danger ne fait qu'accroître l'enthousiasme et le bavardage.

– Ah ! les coquins ! s'écria-t-il, ils ont enlevé Mlle Edda ; ils se croient sûrs du triomphe !... Ils ont compté sans moi, troun de l'air !... Ils ne savent pas que, dans notre patrie, on est brave par tradition... Vatel avait son épée ; moi, j'ai mon revolver.

Et Coquardot se campa dans une encoignure, le jarret tendu, le revolver à la main, sans réfléchir que les cartouches de son arme avaient été irrémédiablement endommagées par l'eau de mer.

Qu'ils viennent ! s'écria-t-il, en se secouant comme un chien mouillé.

Son attente ne fut pas de longue durée. Brusquement, au plafond du couloir, une lampe électrique s'alluma. Coquardot se trouva en présence de l'adversaire aux formes herculéennes, qui, quelques minutes auparavant, venait de le précipiter à la mer.

– Robert Knipp !... s'écria-t-il. Ah ! c'est toi, canaille ! Toi qui as mangé le pain d'Ursen Stroëm... Attends un peu ; je vais te faire ton affaire !

Et il s'avança l'arme haute contre l'Américain.

Robert Knipp, dont la bravoure n'était pas la qualité principale, battit prudemment en retraite. Coquardot, encouragé, lui donna la chasse ; et se ressouvenant à propos de ses leçons de chausson et de boxe française, il détacha à Robert Knipp un formidable coup de pied bas. L'Américain trébucha et s'étala les quatre fers en l'air.

Coquardot, tout glorieux, se précipitait déjà pour mettre le pied sur la poitrine de son adversaire, et il criait déjà : « Rends-toi, coquinasse ! » lorsqu'il se sentit empoigné par trois hommes vigoureux qui le désarmèrent, le ficelèrent comme un simple saucisson d'Arles, et l'emportèrent, malgré ses cris, dans une étroite cabine métallique, dont il entendit la porte caoutchoutée se refermer sur lui.

Des heures et des heures se passèrent... Coquardot grinçant des dents, épuisant tous les jurons du vocabulaire marseillais, attendit vainement qu'on vînt le débarrasser des liens qui lui entraient dans la chair et le délivrer...

De guerre lasse, et de fatigue aussi, il finit par s'endormir.

Surprise, épouvantée, à demi étouffée, Edda avait perdu connaissance. Quand elle revint à elle, et qu'elle eut jeté sur les objets environnants des regards surpris, elle ne reconnut pas tout d'abord le lieu où elle se trouvait. La lueur des lampes électriques lui montrait une sorte de cabine ovale, au plafond bas, et aux meubles peu nombreux.

Elle était étendue sur une confortable couchette, munie d'un matelas pneumatique.

Edda regarda quelque temps autour d'elle avec égarement. Ses sourcils se fronçaient dans un effort de volonté. Brusquement, elle poussa un cri... Ses regards venaient de s'arrêter sur un panneau qui portait en grosses lettres le mot *Jules-Verne* et la devise choisie par Goël et Edda elle-même :

Mergitur sed fluctuat

Le nom du navire et sa devise se trouvaient répétés partout, jusque sur les objets d'ameublement.

À ce moment, la porte de la cabine s'ouvrit sous une brusque poussée, et Tony Fowler, exultant dans l'insolence de son triomphe, s'avança jusqu'auprès de la jeune fille.

– Ah ! ah ! ricana-t-il, votre évanouissement est donc dissipé !... J'en suis véritablement charmé !

Et comme Edda ne répondait au misérable que par un regard d'indignation.

– Vous savez où vous êtes, continua-t-il... Eh bien ! oui, Edda Stroëm, vous êtes à bord de ce *Jules-Verne*, construit à si grands frais par votre père, sous la direction de votre fiancé... J'avoue que c'est un sous-marin merveilleusement compris. Aussi, je me félicite de m'en être emparé !

– Vous êtes le dernier des forbans ! murmura Edda, frémissante de colère... Il est vraiment heureux pour vous que je n'aie aucune arme à ma portée... Je vous tuerais comme un chien !

– Le temps adoucira ces belles révoltes !... Le temps éteindra ces indignations généreuses !

Et, changeant brusquement de ton, Tony Fowler ajouta :

– Écoutez, miss Edda, il faut bien vous mettre une chose en tête... Je suis maître de votre personne, comme je suis maître de ce navire, construit par un homme que l'on m'a injustement préféré... Je suis yankee ; je vais droit au but...

– J'aime Goël Mordax ! Jamais je ne vous épouserai !... Mon père et mon fiancé sauront bien me délivrer.

– Cela, j'en doute fort !... En tout cas, vous êtes en mon pouvoir... Je veux bien vous accorder un certain délai pour consentir, de bonne grâce, à notre union, pour vous donner le temps de vous accommoder à un brusque changement.

– Jamais !

– Vous oublierez Goël... Je le veux... Je l'ordonne !... Vous m'épouserez et vous me réconcilierez avec votre père... J'ai juré que vous vous soumettriez, et vous vous soumettrez !

– Plutôt mourir !

Tony Fowler eut un sourire de mépris.

– Vous me paraissez un peu exaltée, dit-il... Vous vous résignerez peut-être plus vite que vous ne le croyez... Sur ce, je vous salue... Je vous ai dit ce que j'avais à vous dire... Je vous laisse y réfléchir tout à votre aise...

Et Tony Fowler s'en alla comme il était venu, c'est-à-dire sans saluer et en claquant brutalement la porte. Derrière lui, des verrous grincèrent. Edda demeura seule, dans sa prison.

Le départ de Tony Fowler apporta un immense soulagement à la jeune fille.

Maintenant, elle savait à quoi s'en tenir, sa position lui semblait moins désespérée. Elle était beaucoup trop courageuse pour se laisser abattre. En outre, elle ne renonçait pas à l'espoir de s'évader. Elle était sûre que Goël et Ursen Stroëm tenteraient l'impossible pour la délivrer. Elle s'affermit dans sa résolution de résister à Tony Fowler.

Elle en était là de ses réflexions, quand la porte de sa chambre se rouvrit. Un lad entra, chargé d'un plateau. Le repas qu'il apportait était presque exclusivement composé de viandes de conserve.

– Vous pouvez remporter tout cela, ordonna-t-elle, hautaine... Je n'en ai nul besoin.

L'Américain reprit flegmatiquement son plateau, s'en retourna, et alla rendre compte à son maître de la façon dont il avait été reçu.

– Laissez-la faire, dit Tony Fowler... Quand la faim se fera sentir un peu plus vivement, cette charmante personne se décidera bien à manger.

Edda redoutait maintenant Fowler, au point de le croire capable de se servir contre elle des pires expédients. Aussi, le soir venu, bien qu'elle souffrît cruellement de la faim, refusa-t-elle de nouveau de goûter au repas qu'on lui apportait.

Edda était très affaiblie. Elle avait la fièvre. Ses oreilles bourdonnaient, la faim la torturait.

Elle s'était assise sur le divan circulaire de la cabine et elle réfléchissait mélancoliquement à sa situation, lorsque son attention fut éveillée par un grand panneau de métal ovale qui faisait face à la couchette.

Ce panneau mobile recouvrait une vitre de cristal épais, qui permettait de contempler le fond de la mer. Edda n'ignorait pas ce détail. En compagnie de Goël, elle avait étudié toutes les parties du *Jules-Verne*.

L'idée lui vint de faire diversion à ses souffrances et à son chagrin, en contemplant les paysages sous-marins. Elle appuya sur un ressort : le panneau mobile s'écarta. Un féerique spectacle s'offrit aux regards de la jeune fille.

En construisant le *Jules-Verne*, Gaël avait résolu le difficile problème de la vision sous-marine.

Plus on descend dans les couches profondes de l'Océan, plus l'obscurité devient épaisse.

Pour le navigateur sous-marin, les objets, d'abord brouillés, finissent par disparaître dans une brume, qui, de grisâtre, devient tout à fait opaque. Le sous-marin a beau être muni, à l'avant et à l'arrière, de puissants appareils électriques, comme il se trouve dans le cône de lumière produit par ses fanaux, le navigateur ne discerne autour de lui que des zones de ténèbres, coupées d'une aveuglante bande de lumière, qui ne peut lui permettre la vision de ce qui l'entoure.

Goël avait paré à cet inconvénient de la façon la plus simple et la plus ingénieuse... Douze torpilles-vigies, que le timonier pouvait à volonté écarter ou rapprocher du navire évoluaient tout autour de sa coque, dans un rayon de cent à deux cents mètres. Goël, à la prière de M. Lepique, avait donné à ses torpilles-vigies, le nom de fulgores. Et, en effet, elles éclairaient les paysages sous-marins que traversait le *Jules-Verne* d'un éclat fulgurant.

Ces appareils, qui étaient eux-mêmes de minuscules sous-marins indépendants, reproduisaient, perfectionnés par Goël, quelques-uns des dispositifs des sondes planigraphiques et des vigies protectrices, inventées par les ingénieurs Maquaire et Grecchioni. Ils étaient à la fois très simples et très ingénieux.

Chaque fulgore se composait essentiellement d'un flotteur à

contrepoids, muni des mêmes appareils de locomotion que les torpilles autonomes. Une petite machine électrique, qu'alimentaient les accumulateurs du *Jules-Verne*, grâce à un système de transmission sans fil, faisait mouvoir leurs hélices et fournissait la lumière à leurs puissants fanaux électriques. De plus, ils étaient munis de microphones et de palpes en caoutchouc durci.

Le timonier du *Jules-Verne* avait devant lui une série de boutons de porcelaine disposés en clavier, et grâce auxquels, d'une simple pression de doigt, il commandait sans fatigue la manœuvre des fulgores. Ainsi escorté de ces sortes de mouches lumineuses, le sous-marin passait au milieu d'un large nimbe de clarté qui permettait au timonier, installé dans sa cage de cristal, de diriger son navire aussi sûrement qu'en plein soleil.

Au moment où Edda avait poussé le panneau, le *Jules-Verne* filait à une allure modérée, entre les taillis pétrifiés, entre les arborisations roses, couleur de lait, et couleur de sang d'un massif de coraux. Les fulgores éclairaient de fantastiques avenues, des clairières de rêve, où les tubipores, les astrées, les fongies, les iris et les mélittes formaient d'éblouissants tapis de pierreries et de fleurs. Des poissons, étincelants de mille couleurs chatoyantes, se jouaient dans cette forêt rose ; des raies épineuses et des squales, des méduses, des poulpes et des calmars évoquaient, avec leurs formes tourmentées, quelque cauchemar d'un conte japonais. Sur le sol, rampaient des tortues, des lamproies, et des congres énormes et féroces.

Brusquement, la forêt de coraux disparut. Le *Jules-Verne* passait au-dessus d'un fond vaseux encombré d'épaves, que les courants avaient entraînées et, pour ainsi dire, centralisées dans cet abîme. Les fulgores baignaient de leurs étincelantes nappes électriques tout un chaos de mâts rompus, de coques éventrées, dont quelques-uns flottaient entre deux eaux... Autour de ces épaves, c'était un amoncellement d'ancres, de caisses, de canons, de boulets, de cylindres, de garnitures de fer, d'hélices tordues, de débris de toute espèce.

Ce cimetière de l'Océan avait quelque chose de macabre. Ces navires sombrés là depuis des années, depuis des siècles, et empâtés par des concrétions calcaires, semblaient recouverts d'une couche de craie. Dans les agrès des voiliers, entre les cheminées des paquebots, évoluaient des poulpes et des requins.

Edda se sentit frissonner ; et son cœur se serra devant ce lamentable spectacle.

Mais, déjà, le *Jules-Verne* pénétrait sous les riants arceaux d'une forêt d'algues géantes au feuillage vert et brun.

Puis, ce fut un massif de rocs déchiquetés, entre lesquels s'ouvraient de mystérieuses cavernes inviolées. D'instant en instant, le merveilleux spectacle se renouvelait. C'était une succession de décors tous plus féeriques et plus inattendus les uns que les autres.

Au bout d'une heure, Edda, brisée de fatigue, finit par fermer le panneau de métal. Elle se jeta sur sa couchette, où elle ne tarda pas à tomber dans un profond sommeil.

En se levant, après quelques heures d'un repos agité, Edda se sentit défaillir. Ses jambes fléchissaient sous elle ; elle était en proie à des crispations nerveuses.

Elle se traîna jusqu'à la glace et se vit pâle comme une morte. La fièvre qui la minait faisait briller étrangement ses beaux yeux glauques. Une énergie maladive lui revenait. Elle se promena quelque temps, à grands pas, à travers la cabine. Puis, d'un mouvement tout instinctif, elle s'approcha de la porte et essaya de l'ouvrir.

À sa grande surprise, la porte céda. Soit par négligence, soit intentionnellement, on avait oublié de pousser le verrou extérieur.

La jeune fille s'aventura dans le couloir ; et, se dirigeant du côté où elle savait devoir se trouver le poste de l'équipage, elle interpella le premier matelot qu'elle rencontra.

– Je suis la fille du milliardaire Ursen Stroëm, s'écria-t-elle avec égarement. Aidez-moi à me rendre libre, et non seulement mon père vous pardonnera, mais encore, il vous récompensera royalement... Il vous donnera un million, deux millions... Il partagera sa fortune avec vous !... Il vous la donnera tout entière !

L'homme, un des Américains embauchés par Robert Knipp, écoutait ces propositions avec un intérêt visible. Edda commençait à entrevoir un faible espoir.

Brusquement, Tony Fowler survint accompagné de Robert Knipp. Tous deux avaient le revolver à la main.

– Retirez-vous ! ordonna Fowler au matelot... Et vous, miss

Edda, rentrez dans votre cabine... Je l'exige !

En même temps, les deux misérables empoignaient la jeune fille par le bras, et l'entraînaient.

– Non, je ne me tairai pas !... s'écria Edda. Au secours ! Au secours ! Dix millions à qui sauvera la fille d'Ursen Stroëm !

Tony Fowler écumait de rage. Il connaissait trop bien les misérables qu'il avait embauchés, pour ne pas savoir qu'ils ne se feraient aucun scrupule pour le trahir, du moment qu'il y aurait des dollars à gagner.

– Allez-vous vous taire ! hurla-t-il, au paroxysme de la colère.

Et tordant les poignets délicats de la jeune fille, il essayait d'étouffer ses cris et ses appels désespérés.

À ce moment, on entendit un vacarme épouvantable. Des appels répondirent à ceux d'Edda.

– Mademoiselle, je suis là !... Je ne vous abandonne pas ! Tenez bon !...

– Coquardot ! s'écria Edda, est-ce vous ?

– Lui-même... Coquardot, dit Cantaloup, de Marseille... Tout à votre service, quoique prisonnier, comme vous, de ces gueux d'Américains !

Edda n'en put entendre davantage... D'une brutale poussée, Tony Fowler et Robert Knipp l'avaient jetée dans sa cabine, dont ils avaient refermé la porte à double tour.

X

La geôle sous-marine

Depuis qu'il était prisonnier, Coquardot donnait un mal énorme à ses geôliers. Ils se repentaient sûrement de n'avoir pas commencé par l'abattre à coups de revolver, ce qui, maintenant, n'était plus possible.

D'abord, Coquardot avait commencé par user, en les frottant patiemment contre la muraille de tôle de son cachot, les cordes qui lui liaient les mains. Une fois libre de ses mouvements, il s'était mis à inventorier avec soin les objets qui l'entouraient.

La cellule qui servait de prison au plus célèbre cuisinier de l'Europe était une sorte de grand placard où se trouvaient entassés, au hasard, des pots de peinture, des écrous, des boulons et des barres d'acier.

Parmi ces objets disparates, Coquardot avait choisi, pour s'en faire une arme, une barre de fer, d'environ un mètre cinquante de long et il s'en servait pour faire un vacarme épouvantable, ébranlant le plafond, les parois et le dallage métallique de sa prison. C'était à faire croire qu'il allait fausser les plaques d'acier et y faire un trou.

Pour le forcer à se tenir tranquille, Tony Fowler donna l'ordre qu'on lui apportât à manger.

Coquardot s'empara des vivres, mais assomma le porteur plus qu'à moitié. Les Américains décidèrent qu'ils se précipiteraient sur le cuisinier, pendant son sommeil, en pleine nuit, et qu'ils lui brûleraient la cervelle.

Ils avaient compté sans leur hôte. Au moment de l'exécution de ce beau projet, Coquardot, parfaitement réveillé, tomba sur les agresseurs avec sa barre de fer, et en éclopa deux ou trois.

Tony Fowler, furieux, lui annonça qu'on allait le prendre par la famine. Coquardot, nullement effrayé, répliqua qu'il allait démolir les cloisons et crever le bordage intérieur du sous-marin et qu'il avait pour cela les outils nécessaires.

Coquardot faisait cette dernière menace dans le but d'intimider ses adversaires. Il savait fort bien que le bordage extérieur était beaucoup trop solide pour qu'il pût parvenir à le percer. Cela ne l'eût pas, d'ailleurs, avancé à grand-chose, puisque le *Jules-Verne* était divisé en huit compartiments étanches, communiquant entre eux par des portes d'un système de fermeture hermétique et instantané.

Néanmoins, comme Tony Fowler et ses complices ne savaient pas au juste de quels outils Coquardot pouvait disposer, sa menace fit un certain effet.

Pour donner créance à ses dires, Coquardot imitait, en faisant grincer sa barre de fer contre la tôle, le bruit du vilebrequin. Puis il cessait brusquement ce travail, pour se mettre à frapper de grands coups sourds, à la grande colère des Américains, qu'il ne cessait d'accabler de menaces et d'injures, dans le plus pur patois marseillais, et auxquels il ne laissait pas une minute de répit.

Les choses en étaient là ; et la situation menaçait de durer encore longtemps, lorsque Coquardot avait reconnu la voix d'Edda Stroëm. Il put parvenir, à force de crier, à lui faire savoir sa présence à bord.

Après avoir enfermé Edda, Tony Fowler et Robert Knipp se rendirent dans le grand salon du *Jules-Verne*, pour y délibérer. Cette magnifique pièce, aux boiseries claires, était ornée d'une bibliothèque et de vitrines encore vides de leurs livres et de leurs collections.

Elle était à peine meublée. Le vol du *Jules-Verne* n'avait pas permis aux ouvriers d'en terminer l'aménagement.

Les deux Yankees s'assirent, non loin d'un somptueux bureau, sur des caisses de bois blanc encore pleines, et qui renfermaient des livres et des appareils qu'on n'avait pas encore eu le temps de déballer. Tony Fowler était dans un état d'extrême irritation.

– Qu'allons-nous faire de cet imbécile de Coquardot, s'écria-t-il... de ce cuisinier stupide et ridicule ?... C'est un véritable enragé !

– Ma foi, je n'en sais rien... Maintenant que miss Edda est instruite de sa présence, il ne serait pas prudent de le faire disparaître.

– Ne me parlez pas de miss Edda... Je suis furieux à la pensée du danger qu'elle vient de nous faire courir par ses offres de millions aux hommes de l'équipage !

– Ce sont des offres tentantes, fit Robert Knipp d'un ton singulier.

– Oh ! je sais, fit amèrement Tony Fowler, que vous êtes un être vénal...

– Il ne s'agit pas de cela... Vous savez bien que je ne puis vous trahir, puisque je suis votre complice et le principal instigateur du vol du *Jules-Verne*... Parlons plutôt sérieusement... Permettez-moi de vous le dire, vous ne vous êtes pas montré habile envers miss Edda...

– Comment cela.

– Mais oui, vous l'avez brutalisée, menacée... Elle est d'un caractère très fier et très décidé ; elle mourrait plutôt que de céder.

– Il y a une part de vérité, dans ce que vous dites... Mais que feriez-vous à ma place ?

– Je me montrerais plein de prévenances ; je jouerais la comédie du repentir et de l'amour passionné ; je lui laisserais même une certaine liberté à l'intérieur du navire... Vous êtes bien sûr qu'elle ne s'échappera pas à la nage... Vous avez la partie belle pour vous montrer magnanime.

L'ingénieur ne répondit rien. En lui-même, il trouvait fort justes les observations de Robert Knipp.

Les deux complices demeurèrent une heure entière à discuter. Puis, Tony Fowler sortit du salon et se dirigea vers la cabine d'Edda.

À sa grande surprise, il trouva la jeune fille très pâle, mais calme et presque souriante. La certitude de la présence de Coquardot à bord avait ranimé tout son courage, toute son énergie.

– Alors, miss Stroëm, demanda Tony avec une obséquiosité toute différente de son attitude de la veille, vous refusez toujours de prendre de la nourriture ?

– J'ai changé d'avis. Je mangerai ; mais à une condition...

– Pourvu que vous ne me demandiez pas la liberté, cette condition est acceptée d'avance.

– Je veux, dit Edda avec fermeté, ne manger que des mets préparés par mon maître d'hôtel Coquardot, et n'être servie que par lui... Il faut que vous me garantissiez qu'il ne lui sera fait aucun mal, qu'il sera bien traité et libre dans l'intérieur du *Jules-Verne*. Il faut que vous me promettiez que je pourrai m'entretenir avec lui quand cela me plaira.

– Mais, vous profiterez de cela pour tramer des projets d'évasion ?

– C'est à vous de faire bonne garde... C'est une piètre ironie, d'ailleurs de votre part, de parler d'évasion... On ne s'évade pas au fond de la mer.

Tony Fowler parut hésiter quelques instants. Puis, feignant de prendre brusquement son parti :

– Vraiment, miss Edda, je n'ai pas le courage de vous refuser quoi que ce soit... Vous faites de moi tout ce que vous voulez... Ah ! si vous saviez comme je vous aime !

– Vous avez une singulière façon de me prouver votre amour, répondit Edda avec amertume.

– Je regrette profondément le crime que j'ai commis en vous arrachant à votre famille et en vous séquestrant. Mais, il faut l'imputer à la violence même de ma passion pour vous... J'espère qu'un jour...

– Laissons ce sujet, je vous prie... Vous avez promis de délivrer mon fidèle maître d'hôtel. Il serait temps de vous exécuter.

Tony Fowler, très satisfait de sa nouvelle tactique, se dirigea, suivi d'Edda, vers la cellule de Coquardot, qui avait recommencé à battre le rappel avec sa barre de fer, et faisait un tapage infernal.

Ce ne fut pas sans peine qu'on le décida à quitter son asile. Il fallut qu'Edda elle-même lui parlât, et l'informât du besoin urgent qu'elle avait, de ses services.

En sortant de sa cellule, Coquardot, très théâtral dans l'expression de ses sentiments, mit un genou en terre ; et les larmes aux yeux, il embrassa gravement la main de Mlle Stroëm...

Malgré l'emphase et la verbosité du Méridional, Edda était profondément touchée du dévouement et du courage dont il venait de faire preuve. Pendant qu'elle regagnait sa cabine, Coquardot se précipitait vers la cuisine, située à l'avant, et installée électriquement. Il bouscula avec autorité l'Américain, jusque-là chargé des fonctions de steward et de maître-coq à bord du *Jules-*

Verne.

– Ôtez-vous de là, mon garçon, lui dit-il d'un air de souverain mépris... Je parie que votre office est des plus mal fournis.

Et comme l'Américain, effaré de cette subite interversion des rôles, désignait une armoire pleine de boîtes en fer-blanc.

– Peuh ! dit Coquardot, c'est bien ce que je pensais... Rien que des endaubages et de la conserve... Vous avez bien, au moins du Liebig ou un bouillon concentré quelconque ? Faites-en chauffer immédiatement... Vous m'ouvrirez une boîte de légumes secs... Pendant ce temps, je vais voir s'il ne s'est rien pris dans les dragues...

Ces dragues laissées à la traîne à l'arrière du *Jules-Verne* étaient des engins de pêche très perfectionnés, que Coquardot avait eu l'occasion de voir à la baie de la Girolata. Leur rapport était d'autant plus sûr qu'une foule de poissons se précipitaient immanquablement dans leurs mailles, attirés par l'éclat électrique des fulgores et du fanal d'arrière du *Jules-Verne*.

Coquardot, dont Tony Fowler et Robert Knipp suivaient tous les mouvements avec méfiance, revint, pliant sous le poids d'une vaste corbeille, remplie des meilleures variétés de poissons de la Méditerranée.

Il y avait des turbots, des dorades, des rougets ; de ces rougets que les Romains payaient jusqu'à dix mille sesterces – des rascasses épineuses, et jusqu'à deux ou trois langoustes et une petite tortue de la Méditerranée, dite cacouanne. Un quart d'heure plus tard, une embaumante odeur de bouillabaisse s'échappait de la cuisine, et paraissait produire une grande impression sur les hommes de l'équipage.

Quand Coquardot traversa le couloir, en portant le dîner d'Edda dans un plat couvert, les Américains le suivirent jusqu'à la porte de la cabine, avec un reniflement des plus significatifs. Ces rudes Yankees, habitués au rosbif et au jambon, aux nourritures solides et lourdes, n'avaient jamais rien flairé d'aussi délicieux. Il est vrai qu'une bouillabaisse, faite par les propres mains de Coquardot ne pouvait être qu'un chef-d'œuvre. Coquardot, très perspicace de sa nature, s'aperçut tout de suite de l'impression qu'il avait produite ; et il résolut de tirer parti de ses talents culinaires.

Le soir même, les quinze hommes de l'équipage du *Jules-Verne* dînaient comme jamais ils n'avaient dîné de leur vie, sauf peut-être le jour du banquet offert par Ürsen Stroem.

Deux jours après, Coquardot était en excellents termes avec tout le monde, même avec Robert Knipp, même avec Tony Fowler.

Ces derniers appréciaient d'autant mieux le savoir-faire du cuisinier, qu'ils voyaient arriver le moment où ils allaient être forcés de se nourrir exclusivement de poissons.

Lorsque le *Jules-Verne* avait été capturé, l'embarquement des vivres était à peine commencé. Les conserves, arrimées dans la cambuse, étaient en quantité si minime qu'elles toucheraient à leur fin dans quelques jours. Tony Fowler, pensant avec juste raison qu'il était poursuivi, n'osait faire relâche nulle part pour se ravitailler.

Tony Fowler avait bien d'autres sujets d'inquiétude. Il voulait, au plus vite, sortir de la Méditerranée et gagner New York ou Baltimore.

– En Amérique, s'était-il dit, mon père, en sa qualité de milliardaire, est tout-puissant. Il prendra fait et cause pour moi. Et le gouvernement de l'Union ne consentira pas à accorder mon extradition.

– Jamais les Yankees ne vous désavoueront, avait ajouté Robert Knipp... Officiellement, on blâmera votre geste ; mais jamais personne n'osera vous arrêter... Vous pourrez aisément vous ravitailler dans les ports de l'Union, et prolonger la situation tant qu'il vous plaira.

Par malheur, pour se rendre en Amérique, il fallait traverser l'Atlantique, et passer par le détroit de Gibraltar, où Tony Fowler craignait qu'on ne lui eût préparé une embuscade. Il aurait fallu aller très vite et le *Jules-Verne* n'était pas un torpilleur submersible à grande vitesse, mais un appareil d'exploration, que son poids considérable et ses formes arrondies rendaient impropre à la marche.

Tony Fowler, peu familiarisé avec la navigation sous-marine, et ayant affaire à des appareils d'un maniement délicat, était obligé d'évoluer avec la lenteur la plus circonspecte.

Enfin, le *Jules-Verne* était traqué dans toute la Méditerranée. Une fois, Tony Fowler, installé près du timonier, à la chambre noire du téléphone électriquement relié à un miroir installé sur un flotteur insubmersible, qui lui permettait de voir l'horizon, sans remonter à la surface avait nettement distingué l'*Étoile-Polaire*. Le yacht était même assez rapproché pour que le Yankee pût distinguer, sur le pont, Ursen Stroëm, Goël et M. Lepique. Il avait été épouvanté et avait imprimé aux hélices du *Jules-Verne* leur vitesse maxima, pour s'éloigner au plus vite.

Une autre fois, en longeant les côtes de Sardaigne, le *Jules-Verne* avait heurté, entre deux eaux, une sonde planigraphique de sûreté, certainement disposée là pour signaler le passage du sous-marin.

À l'aide des grappins automatiques du bord, les hommes de l'équipe avaient pu s'emparer de la minuscule torpille. Mais le même fait pouvait se reproduire d'un jour à l'autre. Tony Fowler était dans des transes continuelles.

– Jusqu'à ce que nous soyons entrés dans l'Atlantique, répétait-il à Robert Knipp, il n'y a pas de sécurité pour nous !...

Talonné par la peur, Tony Fowler avait ordonné que le *Jules-Verne* ne naviguât en surface que la nuit. Était-ce encore par économie, afin de renouveler la provision d'air respirable du bord, sans user l'air liquide et les produits chimiques en réserve dans les soutes.

C'était donc seulement une fois le soleil couché que le *Jules-Verne* éteignant ses fulgores et ses fanaux, et allégeant ses « water-ballast », mettait en jeu ses hélices horizontales. Il abandonnait les profondeurs, et comme un gigantesque cétacé, venait remplir d'oxygène pur les vastes cavités métalliques, qui lui tenaient lieu de poumons.

Quelquefois, avec la permission de son ravisseur, Edda montait sur la plate-forme du sous-marin, en compagnie du fidèle Coquardot, qui mettait en œuvre toute sa faconde méridionale pour converser avec la jeune fille, et pour l'aider à conserver quelque espoir.

– Allons ! mademoiselle, lui disait-il, ne soyez pas si mélancolique, troun de l'air !... Ces coquins ne pourront aller bien loin, avec nous. Ils n'ont presque plus de vivres. Je le sais, mieux que personne. D'ailleurs, votre père et votre fiancé doivent vous chercher.

Edda secouait tristement la tête. Coquardot ajoutait mystérieusement :

– Vous savez que je travaille les gens de l'équipage !... Vous verrez qu'un beau jour, grâce aux promesses que je leur fais, ils ficelleront les deux coquins qui leurs servent de chefs, et qu'ils nous mettront en liberté.

Edda souriait sans répondre. Il y avait dix jours qu'elle était à bord du *Jules-Verne*... Devait-elle abandonner tout espoir ? Qui pourrait la sauver ?... Et comment y parviendrait-on ?...

Deuxième partie
LA BATAILLE SOUS-MARINE

I

Le « Jules-Verne II »

La façon dont avançaient les travaux du *Jules-Verne II* tenait véritablement du prodige... Trouvant qu'avec deux équipes d'ouvriers, une pour le jour et l'autre pour la nuit, le montage et l'agencement du sous-marin n'allaient pas encore assez vite, Ursen Stroëm et Goël Mordax avaient triplé le nombre des travailleurs.

La construction du second sous-marin devait avancer beaucoup plus rapidement que celle du premier. Tout l'outillage spécial existait et certains appareils délicats dont l'exécution avait demandé plus d'un mois pour le *Jules-Verne I* pouvaient être maintenant fabriqués en quelques jours.

Maintenant, une véritable petite ville, presque entièrement construite en bois et en carton bitumé, occupait les rives, encore sauvages naguère, du golfe de la Girolata.

Ce pittoresque amas de cahutes et d'ateliers, improvisés en quelques jours, avait jailli de terre comme un décor de féerie au coup de sifflet du machiniste, par la puissance des millions d'Ursen Stroëm et grâce à l'énergie de Goël Mordax.

Certains des ateliers, expédiés de Paris par une société de constructions démontables, avaient pu être édifiés en quelques heures. Jamais l'alliance féconde du capital et de l'intelligence n'avait produit de plus merveilleux résultats.

Admirablement choisis et disciplinés, les ouvriers travaillaient avec un zèle incroyable. Jamais, parmi eux, ne s'élevait le moindre murmure, la moindre récrimination. Et Goël Mordax, qui possédait au plus haut point le génie de l'organisation, avait arrangé les choses de telle sorte que jamais il n'y avait une minute de perdue.

Quand une équipe allait prendre son repas ou se reposer, une autre équipe toute prête prenait immédiatement sa place et le travail ne souffrait pas un instant d'interruption. Tous les ouvriers, depuis le dernier des manœuvres jusqu'aux contremaîtres et aux chefs de travaux, étaient stimulés par des primes proportionnées à leur labeur. Ceux qui parvenaient à diminuer, ne fût-ce que d'une heure, le temps prévu pour l'exécution de telle ou telle pièce sur les devis de Goël Mordax, arrivaient facilement à doubler la rétribution, déjà considérable, de leurs heures ordinaires de travail.

Goël se multipliait. Ne prenant plus, chaque nuit, que quelques heures de repos, il passait littéralement sa vie sur les chantiers ; et, quand il allait dormir, brisé de fatigue, assourdi par le vacarme des marteaux, les yeux brûlés par la réverbération des lampes électriques et des lanternes à acétylène, il était immédiatement remplacé par Ursen Stroëm. De cette façon, les travailleurs n'étaient jamais seuls. Jamais la moindre velléité de paresse ou de négligence ne pouvait se glisser parmi eux.

Bien loin d'être mécontents de se voir ainsi tarabustés, les ouvriers étaient enchantés de la présence de leurs patrons ; car Ursen Stroëm, et Goël étaient aussi généreux envers les travailleurs sérieux qu'ils étaient prompts à se débarrasser des fainéants et des mauvaises têtes. Grâce à ces efforts acharnés, le *Jules-Verne II* prenait forme et tournure, pour ainsi dire à vue d'œil.

La fièvre d'activité et de labeur que dépensait ainsi Goël Mordax était pour lui une façon d'attaquer la peine dont il souffrait et de se redonner à lui-même du courage, de se bien persuader que sa chère Edda n'était pas définitivement perdue pour lui, qu'il la retrouverait, et qu'il tirerait vengeance de son ravisseur.

– Vous allez voir, répétait-il vingt fois par jour à Ursen Stroëm, dès que le *Jules-Verne II* sera terminé, quelle chasse terrible nous allons donner à cet infâme pirate de Tony Fowler !... Je ferai construire, j'inventerai s'il le faut des appareils pour le dépister et pour le traquer, au fond même des abîmes de l'Océan.

– Sans doute, répondait Ursen Stroëm d'une voix faible : je sais, mon cher Goël, que vous êtes un homme de génie, que vous tenterez l'impossible... Et j'ai confiance en vous.

Mais le milliardaire prononçait ces paroles d'un ton si veule et si navré que, malgré toute sa puissance de volonté, Goël sentait passer en lui le souffle glacial du désespoir. Il en venait à se demander si vraiment Edda n'était pas morte ; et si les surhumains efforts tentés pour la retrouver ne seraient pas dépensés en pure perte.

Depuis la disparition de sa fille, Ursen Stroëm avait bien changé. Cet homme aux muscles athlétiques, au cerveau fortement organisé pour le vouloir et pour l'action, semblait avoir perdu tout ressort et toute vigueur. En quelques jours, il avait vieilli de dix ans. Sa longue barbe couleur d'ambre s'emmêlait maintenant de fils d'argent. Son regard était devenu terne et sans chaleur ; ses gestes s'étaient faits lents, ses résolutions indécises.

Lui, qui avait résisté aux souffrances de toute une vie d'aventures, qui avait triomphé du froid, de la faim, des sauvages et des bêtes fauves, des tempêtes et des glaces du Pôle, se trouvait maintenant faible et désarmé comme un enfant. Il suivait sans les discuter, et pour ainsi dire avec une docilité passive, toutes les idées que lui suggérait Goël mais il n'avait aucune foi dans le succès.

Il gardait, pendant des jours entiers, un sombre mutisme ; et des idées de suicide commençaient à le hanter. Chaque semaine, son désespoir et sa tristesse se faisaient plus profonds. Heureusement, ses amis veillaient sur lui. Ils s'efforçaient, par tous les moyens possibles, de relever son courage abattu. M. Lepique et surtout Mlle Seguy étaient devenus les compagnons assidus du Norvégien. Ils le suivaient partout où il se rendait, pour l'empêcher de rester livré à lui-même.

Mlle Séguy en cette occasion faisait preuve d'un véritable dévouement. Aimant Edda à la façon d'une sœur aînée, elle se contraignait pour arriver à cacher à Ursen Stroëm toute l'étendue de son propre chagrin.

– Croyez-moi, disait-elle parfois à M. Lepique, il y a des moments où je suis tout aussi désespérée au sujet d'Edda que son père lui-même... Je fais des efforts inouïs pour le consoler, mais je crains bien que nous ne revoyions jamais la pauvre disparue !

– Vous avez absolument tort, répliquait M. Lepique avec feu... Ne vous avons-nous pas cent fois démontré, Goël et moi, qu'Edda doit être saine et sauve ?

– Peut-être... Mais il faudrait rattraper Tony Fowler ! Il se passera encore bien du temps avant qu'on ne puisse commencer à le poursuivre !

– Cela viendra.

– Oui... mais, d'ici là, le misérable aura eu le temps de se mettre en sûreté avec sa prisonnière, et nous ne reverrons plus la pauvre Edda.

Mlle Séguy éclatait en sanglots. Mais sitôt qu'elle apercevait Ursen Stroëm, elle essuyait furtivement ses larmes et s'efforçait de prendre un visage souriant. Sa bonne humeur d'autrefois avait fait place à une profonde tristesse. Il y avait bien longtemps qu'elle ne s'était permis la moindre taquinerie envers M. Lepique.

Quant à celui-ci, qui, avec une foi aveugle dans les promesses de Goël, était absolument sûr de la délivrance d'Edda, plus sûr que Goël lui-même, il se mettait en quatre, mais vainement d'ailleurs, pour faire partager à tous sa superbe confiance. On souriait de sa naïveté et de son enthousiasme de grand enfant, mais on ne le croyait qu'à demi, M. Lepique avait voué une haine féroce à Tony Fowler. Il se jurait, au moins cent fois par jour, que cet écumeur de mer, ce pirate, ce voleur de sous-marin ne mourrait que de sa main. Ses nuits d'insomnies se passaient à chercher des supplices raffinés, capables de punir comme ils le méritaient les forfaits de l'infâme Yankee.

Après avoir passé en revue toutes les tortures possibles et inimaginables, après avoir trouvé que les inquisiteurs, les Chinois et même les Peaux-Rouges n'étaient que des tortionnaires sans envergure, il se dit que la nature seule pouvait lui venir en aide. Et il se creusa la tête en de nouvelles recherches.

Un matin, en s'éveillant, il entendit un bourdonnement sonore dans sa chambre. Une guêpe de belle taille cherchait à s'échapper et voltigeait le long des vitres de la fenêtre. La vue de l'insecte fit tressaillir M. Lepique. Il sauta à bas de son lit brusquement, et se frappa le front, en criant : j'ai trouvé !... Et comme un nouvel Archimède, il allait s'élancer au dehors, pour annoncer à tous qu'il tenait enfin sa vengeance, quand il se rappela à temps qu'il n'était pas à Syracuse, et que les convenances modernes exigeaient qu'il sortît au moins vêtu d'un pantalon.

Il s'habilla rapidement, et s'en fut trouver Mlle Séguy, le visage rayonnant de joie. Il se frottait les mains, et par moments exécutait quelques entrechats, peu compatibles avec la gravité qui sied à un savant.

– Eh bien ! qu'avez-vous donc ? demanda Mlle Séguy en souriant, tout étonnée de cette joie subite.

– Que je le tienne, le traître ! répondit M. Lepique, en montrant le poing à la mer... Que je le tienne !... Il ne sait pas ce qui l'attend.

– Voyons, expliquez-vous !... Qu'y a-t-il ?

– Il y a, mademoiselle, que j'ai enfin trouvé le supplice sans pareil que je réserve à Tony Fowler. En un mot, voici la chose j'enduis de miel le misérable ; je le suspends aux branches d'un arbre, et je l'abandonne à lui-même... Alors, vous verrez accourir, de tous les coins de l'horizon, les mouches, les guêpes, les frelons et tous les mangeurs de cadavres... Et, en moins de temps qu'il n'en faut pour le dire, Tony Fowler, assailli, sera dévoré tout vivant par ces minuscules ennemis... Que pensez-vous de cela ? N'est-ce pas génial ?

– C'est tout simplement affreux, répondit la jeune fille. Vous avez des idées atroces.

– Non, mademoiselle, je suis un justicier.

Et sur ces mots, M. Lepique retourna dans sa chambre, pour mûrir son projet et lui apporter quelque perfectionnement.

Ce jour-là, l'*Étoile-Polaire* fut signalée. Avant le coucher du soleil, le yacht était à l'ancre dans le golfe. Le capitaine de Noirtier descendit à terre, et fut accueilli par Ursen Stroëm et par Goël, auxquels se joignirent bientôt M. Lepique et Mlle Séguy. Tous cinq eurent ensemble un entretien qui se prolongea fort avant dans la soirée.

M. de Noirtier, au cours de son voyage, avait recueilli plusieurs indices précieux, dont il n'avait pu informer ses amis, étant donné le mauvais fonctionnement de l'appareil de T.S.F. qui reliait le yacht au golfe de la Girolata.

Suivant les instructions qui lui avaient été données, le capitaine de l'*Étoile-Polaire* était remonté jusqu'à Gibraltar ; et il avait disposé, en amont du détroit, un certain nombre de ces torpilles-vigies, qui, échelonnées jusqu'à une très grande distance, permettraient de deviner l'approche du *Jules-Verne* et de l'empêcher de passer dans l'Atlantique.

Ces torpilles-vigies étaient reliées à un poste fixe établi à Gibraltar même. M. de Noirtier avait avisé les autorités anglaises ; et il avait laissé en dépôt une quantité de bank-notes assez respectables pour qu'on pût être sûr que les Anglais obéiraient ponctuellement à ses recommandations.

D'ailleurs, il n'y avait eu nullement besoin de stimuler les autorités auxquelles il s'était adressé. L'amirauté britannique est trop jalouse de Gibraltar pour ne pas voir avec déplaisir dans les eaux de l'imprenable citadelle, un sous-marin capable d'en détruire, ou tout au moins d'en étudier exactement les défenses du fond de la mer. M. de Noirtier était donc sûr que les Anglais mettraient le zèle le plus louable à empêcher Tony Fowler de franchir les Colonnes d'Hercule.

Une fois cette précaution prise, M. de Noirtier était remonté vers le nord-est, en côtoyant les îles Baléares, la pointe sud de la Sardaigne, puis en longeant la côte est de cette île et de la Corse pour remonter jusqu'à l'endroit où avait eu lieu l'enlèvement de Mlle Stroëm, dans le voisinage de l'île de Monte-Cristo.

Chemin faisant, M. de Noirtier s'était arrêté pour poser des torpilles-vigies, laissées en communication avec certains ports. C'était une de ces torpilles-vigies que Tony Fowler avait détruite sur les côtes de la Sardaigne, très peu de jours auparavant.

L'appareil avait été détruit, mais non sans que la sonnerie dont il était muni n'eût fait tinter celle du poste situé près du cap Spartivento, avec lequel elle était en communication.

On savait donc – précieux indice – que le *Jules-Verne* n'avait doublé que depuis très peu de temps la pointe de la grande île sarde.

Puis, à plusieurs reprises, ce furent des pêcheurs, qui racontèrent avoir vu, pendant la nuit, flotter à la surface des flots un long corps, qu'ils auraient pris pour un gigantesque cétacé, sans la balustrade de fer dont il était muni, et qui s'était immergé avec un sifflement strident.

– Il n'y a pas de doute, interrompit Goël, ce sifflement était causé par le bruit de l'air chassé des réservoirs, lors de l'introduction du « waterballast ».

– C'est bien le *Jules-Verne*, s'écria M. Lepique avec enthousiasme... Et nous tiendrons le bandit avant peu !

Ursen Stroëm écoutait le capitaine de Noirtier avec avidité. Un sourire errait, en cet instant, sur ses lèvres. On eût dit qu'il revenait à l'existence après une longue léthargie.

Le capitaine fut entouré, félicité ; et l'on ne regardait plus que comme une simple question de temps, la délivrance d'Edda et la capture de Tony Fowler et de son équipage de forbans.

– Il y a une chose qui me surprend, dit lentement Ursen Stroëm, après un moment de silence, c'est la lenteur avec laquelle le *Jules-Verne* évolue vers le détroit de Gibraltar, ce qui est certainement son objectif.

– Moi, cela ne me surprend nullement, répliqua Goël avec feu... Notre sous-marin n'est pas un bateau de grande marche, d'abord. Puis il n'est pas dans les conditions ordinaires... Tony Fowler, que je connais comme très méfiant et très prudent, n'est pas encore familiarisé avec nos appareils. Il en comprend sans doute suffisamment la manœuvre, mais il se garde bien de leur imprimer toute la vitesse qu'ils peuvent fournir. Et cela dans la crainte d'une avarie, dont les conséquences seraient désastreuses pour lui.

– C'est tant mieux que le misérable soit si prudent ! s'écria Mlle Séguy... Au moins, la vie de notre chère Edda est en sûreté.

– D'ailleurs, ajouta M. de Noirtier, vous avez dû voir, sur la carte des fonds sous-marins de la Méditerranée, que nous avons consultée ensemble, que Tony Fowler est obligé de marcher presque continuellement en zigzag, car il ne peut se rapprocher des côtes sous peine d'être pincé ; et il n'oserait s'aventurer dans les grands fonds.

– Justement, approuva Goël, un de ces grands fonds se trouve à l'est de la Sardaigne, et un second entre cette île et les Baléares. Le *Jules-Verne* est par conséquent obligé à des détours considérables.

– De plus, dit M. Lepique, l'équipage de ce coquin de Yankee est peu nombreux sans doute, et composé de bandits, c'est-à-dire de gens fort difficiles à conduire et fort peu dociles.

– Pourquoi voulez-vous qu'ils soient peu nombreux ? demanda Mlle Séguy.

– Parce que, riposta fort judicieusement M. Lepique, Tony Fowler a tenu à avoir le moins de complices possible.

– Puis, dit Goël, vous savez que les vivres embarquées à bord du *Jules-Verne* n'étaient pas en grande quantité.

– Mon Dieu ! s'écria Ursen Stroëm, pourvu que ma chère enfant n'ait pas à supporter de trop cruelles privations !

– Soyez sans crainte, répondit M. Lepique, la mer contient assez de ressources, pour que...

– Et Coquardot, n'est-il pas avec Edda ?... interrompit Mlle Séguy. Il aura soin d'elle, soyez-en sûr...

– À moins que le brave garçon, que notre affection pour Edda nous a fait oublier un peu, n'ait été victime de son dévouement pour elle, ajouta la jeune fille avec un léger tremblement dans la voix.

Personne ne répondit. Chacun se sentait coupable de n'avoir pas songé davantage au courageux cuisinier.

L'on se sépara avec tristesse.

Les travaux d'achèvement du *Jules-Verne II* furent poussés activement ; mais, à partir de ce jour, Ursen Stroëm, alarmé par les paroles involontairement imprudentes de Goël, devint de plus en plus sombre et taciturne.

II

Piraterie

À bord du sous-marin volé par Tony Fowler, Edda Stroëm continuait à vivre de la même existence de monotonie et de désespoir. La contemplation des merveilles de la faune et de la flore sous-marine, le dévouement de Coquardot, demeuré jovial et attentif en dépit de tout, ne pouvaient lui faire oublier qu'elle était séparée, peut-être pour toujours, de son père et de son fiancé, qu'elle était à la merci d'un misérable sans scrupule, qui ne reculerait devant rien pour atteindre son but, et pour arracher à Edda son consentement à une union dont la seule pensée lui faisait horreur.

Le programme des journées ne variait guère pour la captive. Vers huit ou neuf heures, Coquardot lui apportait son thé. Les premiers jours, le petit déjeuner d'Edda avait été composé de chocolat ; mais la provision s'en était vite épuisée ; et maintenant, Edda buvait un thé d'assez mauvaise qualité, pareil à celui que consommaient les hommes de l'équipage.

Après ce premier repas, la jeune fille s'occupait de sa toilette et lisait quelqu'un des livres trouvés par Coquardot dans les caisses du salon, livres que Tony Fowler avait fini par déballer et par mettre en ordre.

Vers midi, elle goûtait du bout des dents, en dépit de toute la science de Coquardot, un déjeuner invariablement composé de poissons et de conserves, et arrosé de thé ; car il y avait, à bord, un peu d'alcool, réservé à l'équipage, mais il n'y avait pas de vin.

C'était vers deux heures que Tony Fowler faisait à Edda sa visite quotidienne. Décidé à jouer jusqu'au bout son rôle d'amoureux passionné, et demeurant toujours correct, le Yankee se présentait vêtu avec une impeccable élégance, et demeurait un quart d'heure environ près de la jeune fille qui ne répondait à toutes ses protestations que par un mépris glacial.

D'ailleurs, Tony Fowler attendait avec impatience d'avoir quitté la Méditerranée, où il se sentait entouré de périls. Il avait hâte d'avoir gagné l'Amérique, où il pensait se trouver en sûreté, pour quitter tout à coup son masque de douceur et contraindre brutalement la jeune fille à obéir à ses volontés.

Les après-midi, Edda les passait tantôt à écouter Coquardot, dont les pittoresques anecdotes et la prodigieuse érudition culinaire l'amusaient, tantôt à écrire, mais surtout à rêver à ses amis absents. Dès qu'elle fermait les yeux, il lui semblait voir apparaître l'ingénieur Goël, avec son bon sourire et son regard loyal ; Ursen Stroëm, pareil à quelque bon géant des légendes ; Hélène Séguy, si spirituelle et si bonne ; et enfin le naïf M. Lepique. Le souvenir de ses distractions et de ses gestes gauches faisait passer un mélancolique sourire sur les lèvres de la jeune fille.

Le dîner avait lieu à sept heures... Après avoir répondu au respectueux bonsoir de Coquardot, Edda se retrouvait seule dans l'étroite cabine qui lui servait de prison.

Depuis quelques jours Tony Fowler avait ses raisons pour agir ainsi : le *Jules-Verne*, sauf de très rares exceptions, ne remontait plus à la surface de la mer, pendant la nuit, que juste le temps nécessaire pour remplir ses réservoirs d'air. Les promenades sur la plate-forme avaient été interdites à Edda.

C'est alors que, souvent, pour distraire sa solitude, la jeune fille ouvrait le panneau mobile, qui lui permettait de contempler la splendeur des paysages sous-marins, à travers la vitre de cristal.

Cette contemplation, qu'Edda prolongeait quelquefois pendant des heures, était le seul plaisir qui, d'une façon appréciable, fît diversion à son désespoir et à ses ennuis.

En traversant les forêts et les abîmes, les montagnes et les prairies de la mer, Edda, comme emportée par les ailes du rêve, passait quelquefois du plus sombre et du plus tragique des cauchemars, au plus riant décor d'un conte de fées ou d'un roman de chevalerie.

Pour éviter le grand fond qui creuse ses abîmes de plus de trois mille mètres entre le cap Spartivento et l'Algérie, le *Jules-Verne* remontait vers le nord de la Sardaigne.

Edda, dans ces parages, admira d'incroyables horizons, arrachés pour un instant aux ténèbres des profondeurs par la puissante vibration lumineuse des fulgores et des fanaux électriques. Elle vit des paysages d'algues, roses et bleues, des fourrés de sargasses et de varechs au milieu desquels les méduses balançaient leurs coupoles chatoyantes de toutes les couleurs de l'arc-en-ciel.

Puis, c'étaient des perspectives de désolation, des rocs arides, des plaines couvertes de galets et d'os blanchis, des marécages verdoyants, parés de tons vénéneux, verts et violets, et dont les boues, grouillantes de crustacés, retenaient encore des épaves enlisées à demi.

D'autre fois encore, le *Jules-Verne* se frayait un chemin à travers d'immenses troupes de poissons que la lumière faisait chatoyer de mille reflets : les sardines et les anchois, aux couleurs d'argent bleu, les thons rapides et noirs, et les sombres versicolores comme la nacre et rutilants comme le diamant.

Quelquefois, ces masses de poissons, se précipitant ahuris vers la lumière, formaient d'éblouissants bouquets, des amoncellements de gemmes et de feux.

On eût dit que le *Jules-Verne* naviguait à travers les fusées et les soleils d'un grandiose feu d'artifice.

Les changements de décor étaient aussi brusques, aussi imprévus que dans un théâtre de féerie. Après un site, aussi fleuri qu'un jardin, le *Jules-Verne* passait tout à coup près des pentes abruptes et rocailleuses d'une falaise sous-marine, dont on ne voyait ni le sommet ni la base, et sur les flancs de laquelle s'ouvraient de mystérieuses cavernes, où grouillaient, sans doute, depuis les origines du monde, des krackens et des serpents de mer, des poulpes gigantesques, des monstres pareils à ceux que décrivent les chroniques légendaires du Moyen Âge.

Edda, en considérant ces perspectives de désolation, sentait passer en elle un frisson d'épouvante. Mais, ce qui la terrifiait encore le plus, c'était lorsque le sous-marin, planant au-dessus d'un haut-fond, se trouvait entouré d'un cercle de ténèbres ; c'était lorsque les fulgores et les fanaux ne révélaient plus rien que la masse obscure et fourmillante de mystère de la mer infinie.

D'ailleurs, il n'arriva à Edda que très rarement de contempler ces effrayantes solitudes de l'Océan vide et nu. Chaque fois que le *Jules-Verne* dépassait les profondeurs moyennes, Tony Fowler se hâtait de délester ses réservoirs et de mettre en marche les hélices horizontales, de façon à ramener le sous-marin dans une zone plus connue et moins dangereuse.

Au cours de cet interminable voyage, qui avait commencé près de l'île de Monte-Cristo, et devait ne se terminer qu'en Amérique, Tony Fowler s'était convaincu de la nécessité d'être prudent.

Une fois, une avarie sans importance s'était produite à l'hélice motrice de l'arrière. Le *Jules-Verne* était demeuré en panne pendant trois jours.

Heureusement pour le Yankee que son équipage était composé d'anciens mécaniciens-ajusteurs. L'avarie de l'hélice avait pu être réparée. Mais Tony Fowler se demandait parfois avec effroi ce qui serait advenu si le sous-marin, privé de ses moyens de locomotion, devenu une masse inerte au fond des eaux, avait été obligé de remonter à la surface et d'y naviguer au grand jour. Les ravisseurs d'Edda auraient été signalés, capturés et s'ils avaient échappé à la vengeance immédiate d'Ursen Stroëm et de Goël Mordax, ils auraient certainement passé en cour d'assises, sous la prévention de piraterie, de rapt et de vol à main armée. Tous les jurys de France et d'Italie auraient été unanimes pour les envoyer au bagne.

Ces réflexions, et beaucoup d'autres du même genre, rendaient Tony Fowler nerveux et mécontent. Bien que décidé, par orgueil et par haine de Goël, à aller jusqu'au bout, il se demandait parfois si sa téméraire entreprise n'était pas impossible à réaliser.

Un autre sujet d'inquiétudes pour le Yankee, c'était le peu de docilité des hommes, qui composaient l'équipage, et qu'il s'était adjoint comme complices. D'abord, il avait dû verser à chacun d'eux une prime relativement considérable ; et il savait bien que tous, même Robert Knipp, s'empresseraient de le trahir, sitôt qu'on leur offrirait une somme d'argent plus élevée.

Aussi, l'ingénieur surveillait-il de très près Coquardot, dans la crainte que celui-ci ne parvînt à corrompre ses hommes et ne leur fit, au nom d'Edda, quelque promesse alléchante pour les décider au geste de la trahison définitive.

Heureusement pour Tony Fowler, Coquardot ne parlait que très mal la langue anglaise et beaucoup des hommes de l'équipage entendaient à peine le français. Néanmoins, Tony Fowler surprit un jour l'artiste culinaire au moment où il venait de glisser un billet de mille francs dans la main d'un jeune mécanicien.

Il poussa brusquement la porte derrière laquelle il s'était caché ;

et s'élançant au milieu du poste de l'équipage, le revolver au poing :

– Je brûle la cervelle au premier d'entre vous que je verrai parler à ce cuisinier de malheur, pour autre chose que pour les besoins du service !... s'écria-t-il, tout blanc de rage.

Et, se tournant vers Coquardot, dont le visage gardait une expression de flegme railleur :

– Quant à vous, ajouta-t-il, en s'efforçant de maîtriser sa fureur, vous êtes prévenu... Ce que je viens de dire à ces hommes s'applique à vous... Vous avez de la chance d'être le protégé de Mlle Stroëm ! Sans cela, j'aurai accommodé tout à l'heure votre faible cervelle à une sauce qui n'est indiquée dans aucun *Parfait cuisinier*.

Coquardot ne répondit pas un seul mot. Il était décidé à se montrer prudent, dans l'intérêt même de sa maîtresse.

Quant à Tony Fowler, il se retira très perplexe. Il alla trouver Robert Knipp dans sa cabine, pour le mettre au courant de l'incident.

Le soir de ce jour-là, lorsque Coquardot vint apporter le dîner d'Edda, il avait l'air consterné. La jeune fille s'en aperçut.

– D'où vient donc, dit-elle, cet air lugubre et cette mine bouleversée ?... Le courant électrique aurait-il carbonisé indûment quelque matelote ?

– S'il n'y avait que cela !

– Vous m'effrayez, mon bon Coquardot...

– Mademoiselle, il n'y a plus de biscuit à bord... la provision est épuisée... Vous allez être obligée de manger votre poisson et vos conserves sans pain !

– Eh bien ! je m'y résignerai... Je me figurais à votre air que vous aviez eu quelque nouvelle discussion avec ce maudit Yankee... Vous ne saviez donc pas que le biscuit touchait à sa fin ?

– Il restait du biscuit pour quelques jours encore... Mais les hommes, que l'on avait mis à la demi-ration, se sont révoltés... Ce misérable Fowler n'a pu les calmer qu'en leur donnant le reste du biscuit, et qu'en leur faisant une ample distribution d'alcool.

– D'abord, mademoiselle, l'équipage du *Jules-Verne* n'est composé que des pires vauriens des ateliers de la Girolata. Ils savent que Tony Fowler est leur complice, qu'il a besoin d'eux, et ils en abusent.

– Mais le motif actuel de leurs plaintes ?

– Ils sont las de manger du poisson, d'être privés de vin, de bière, et surtout de rosbif, de jambon et de pommes de terre, toutes choses indispensables à l'organisme des Anglo-Saxons.

– Comment Tony Fowler va-t-il s'en tirer ?

– C'est son affaire... Pour moi, je suis enchanté de ce qui se produit... Je prévois une bagarre à la faveur de laquelle nous pourrons peut-être recouvrer notre liberté... Je guette l'instant favorable.

Edda demeura pensive pendant quelques instants.

– Mais, demanda-t-elle après un long silence, ne courrons-nous aucun danger de la part de ces mutins ?

– Pas le moindre, votre liberté représente des millions... Votre personne est sacrée pour eux... Quant à moi, je leur suis très sympathique, je vous assure ; et d'ailleurs, je leur suis trop nécessaire, en ma qualité de maître-coq, pour qu'ils me fassent du mal.

Edda fut moins triste ce soir-là... Les paroles du fidèle Coquardot venaient de lui faire entrevoir un faible espoir de délivrance.

Malheureusement, les projets du cuisinier se trouvèrent complètement dérangés par la prévoyance de Tony Fowler. Quand, le lendemain matin, Coquardot se réveilla, et après s'être habillé, voulut sortir de sa cabine située dans le voisinage de la cambuse, il s'aperçut qu'il était enfermé à clef.

La même précaution avait été prise par Tony Fowler à l'égard d'Edda Stroëm.

D'ailleurs, Edda et Coquardot trouvèrent, chacun sous leur porte, une note les avertissant que, pour des raisons d'intérêt général, ils devraient rester prisonniers toute cette journée.

Coquardot, extrêmement vexé, arpentait sa cabine de long en large, comme un ours en cage. Il prêtait l'oreille, pour essayer de deviner ce qui se passait, mais il n'entendait qu'un bruit confus de voix.

Edda, pour se distraire, ouvrit le panneau mobile ; et, à sa grande surprise, elle constata que le *Jules-Verne* était immobile sur un bas-fond de sable, à peine couvert de quelques mètres d'eau, et entouré de rochers capricieusement découpés.

La jeune fille se perdait en conjectures sur ce qui pouvait se passer. Elle était bien loin de soupçonner le drame dont les hommes de l'équipage étaient les principaux acteurs.

Tony Fowler, après avoir enfermé lui-même Edda et Coquardot, avait réuni tout l'équipage dans le grand salon.

– Je suis très mécontent de vous, leur dit-il... Vos exigences sont aussi stupides qu'imprudentes... Comment ! j'ai donné à chacun de vous une petite fortune ; une récompense plus considérable encore vous attend à notre arrivée en Amérique, et vous n'avez pas le courage d'endurer quelques privations pour vous assurer toute une existence de calme et d'oisiveté... Vous êtes des brutes, dont je n'aurais jamais dû m'embarrasser !

Un murmure de mécontentement courut parmi les hommes de l'équipage. Mais Tony Fowler, les bravant de son regard impérieux, continua en caressant négligemment la crosse d'un gros browning à douze coups :

– Oui, vous êtes des brutes !... Où voulez-vous en venir ?... Sans moi, vous seriez incapables de diriger ce navire.

– Nous voulons débarquer pour ravitailler les soutes ! dit une voix.

– Pour être pendus comme pirates, répondit Tony Fowler, avec une amère ironie... Vous oubliez donc que, pour vous, comme pour moi, il n'y a de salut que de l'autre côté de l'Atlantique. Il est de votre intérêt aussi bien que de votre devoir, de patienter et de m'obéir.

Domptés par la logique et la froide énergie de l'ingénieur, les mutins gardaient le silence.

– Vous voyez bien que j'ai raison ! s'écria-t-il. Eh bien ! je vais pourtant essayer de vous satisfaire... Nous sommes en vue des côtes de l'île Minorque. J'ai relevé sur ma carte un village de pêcheurs, très éloigné des villes. Que six d'entre vous prennent la chaloupe de tôle et aillent acheter des vivres... En cas de bagarre, ayez soin d'être bien armés... Si l'on vous attaque, battez en retraite et ne commettez pas de violences inutiles.

Les hommes de l'équipage ne répondirent à ces paroles qu'en poussant une formidable acclamation en l'honneur de Tony Fowler.

– Pas tant de cris, dit-il sévèrement. Rappelez-vous que c'est vous qui me forcez à cette expédition aussi inutile que dangereuse... S'il vient à vous arriver malheur, ne vous en prenez qu'à vous-mêmes !

– Il ne nous arrivera rien, répondit Robert Knipp avec assurance.

Par un revirement facile à comprendre, les hommes étaient maintenant aussi satisfaits qu'ils étaient mécontents la veille. L'audace de leur chef les avait intimidés ; l'autorisation qu'il venait de leur donner les avait tout à fait conquis.

Tony Fowler s'était décidé à ravitailler le sous-marin autant pour donner satisfaction à son équipage que parce qu'il avait reconnu la nécessité de remplir ses soutes avant d'entreprendre la longue et périlleuse traversée de l'Atlantique.

Une demi-heure après, le canot du *Jules-Verne*, monté par cinq hommes que commandait Robert Knipp, venait aborder dans une petite anse que bordaient les maisons d'un village de pêcheurs, au pied même du cap de la Cavalerie.

Le village de la Cavalerie se composait d'une vingtaine de maisonnettes blanches, aux toits plats et comme perdues dans la verdure. Quelques barques, aux voiles latines, dont l'antenne était repliée le long du mât, étaient amarrées sur le rivage. Des femmes en longues mantes, des hommes en culotte de toile bouffante, en veste de couleurs vives, et coiffés de larges feutres, vaquaient à leurs occupations.

Tous manifestèrent une grande surprise à la vue des Américains. Mais Robert Knipp, suivant les instructions que lui avait données Tony Fowler, expliqua en mauvais espagnol qu'ils appartenaient à l'équipage d'un yacht à l'ancre dans une baie très éloignée.

Comme Robert Knipp offrait de payer très généreusement, les habitants n'attachèrent pas grande importance à ses explications. Le canot fut chargé jusqu'aux bords de pain, de quartiers de mouton, de bœuf et de chevreau, de légumes, de fruits et d'outres pleines d'excellent vin.

Ce premier voyage s'effectua sans incident. L'on commençait à embarquer un second chargement dans le canot, lorsque survint un vieil Espagnol aux longues moustaches blanches, à la poitrine ornée d'une large décoration.

C'était le maître de port, retraité après avoir reçu de glorieuses blessures dans la guerre hispano-américaine. Il se nommait don Pacheco de Llamanda, et avait voué une haine farouche aux Américains.

Don Pacheco avait d'abord écouté avec méfiance les explications de Robert Knipp. Armé de sa longue-vue, il avait suivi les allées et venues du canot. Lorsque l'embarcation doubla la pointe la plus rapprochée, don Pacheco eut vite fait de monter sur une hauteur, et de constater que le prétendu yacht n'était autre qu'un sous-marin.

– Mais, s'écria-t-il, c'est le sous-marin signalé par la note que m'a envoyée le señor ministre... Et il y a une prime de plusieurs milliers de pesetas destinée à récompenser la capture de ces pirates !

Doublement stimulé par son patriotisme et par l'appât de la prime, don Pacheco quitta précipitamment son poste d'observation, et courut de toutes ses forces vers le port, pour s'opposer au départ des Américains.

– Au nom du roi, je vous arrête ! s'écria-t-il.

Un grand tumulte se produisit.

Les pêcheurs tirèrent leurs couteaux. Quelques douaniers munis de carabines se joignirent à eux pour prêter main-forte à don Pacheco.

Les Américains brandissaient leurs brownings et se rapprochaient de l'embarcation.

– Que tout le monde se rembarque. Et au large, commanda Robert Knipp.

Tout en parlant, il s'était traîtreusement rapproché de don Pacheco, et, à bout portant, il avait brûlé la cervelle du vieil officier.

Ce meurtre fut le signal d'une mêlée générale.

Profitant du premier moment de stupeur et tous armés de browning, les Américains tiraient au hasard dans la foule.

Des femmes et des enfants furent atteints. Des cris de mort et de vengeance s'élevèrent. On sonna le tocsin. Toute la population du village accourut en armes, décidés à égorger les Yankees jusqu'au dernier.

Mais, déjà ceux-ci avaient réussi à se réembarquer. Ils faisaient force de rames.

Des barques furent mises à la mer pour les poursuivre...

Les Yankees réussirent pourtant à regagner le *Jules-Verne* sous une grêle de balles.

– Vous avez bien fait de revenir, dit froidement Tony Fowler à ses hommes, dont la plupart étaient couverts de sang.

– Pourquoi ? demanda Robert Knipp.

– Parce que, si vous aviez tardé dix minutes de plus, le *Jules-Verne* partait sans vous, je vous aurais laissé vous débrouiller. On ne se compromet pas aussi bêtement que vous l'avez fait... Maintenant, nous voilà convaincus de meurtre et de brigandage !

Cependant, une véritable flottille de chébecs, aux voiles triangulaires, se dirigeait vers le sous-marin.

Mais Tony Fowler avait pu fermer le capot de la plate-forme... Les réservoirs s'emplirent ; les hélices tournèrent...

Le *Jules-Verne* fit sa plongée et regagna les eaux profondes, salués par les pêcheurs de Minorque d'une bordée de jurons, de cris de haine et de malédictions.

III

Gibraltar

Le massacre des pêcheurs du village de la Cavalerie eut dans l'univers entier un retentissement considérable. Les journaux de toutes les opinions furent d'accord pour s'indigner contre le misérable, qui, en pleine civilisation, faisait revivre les plus mauvais jours de la piraterie barbaresque.

En Amérique, le scandale fut immense... Mais, grâce au patriotisme effréné des Yankees, grâce surtout aux millions de Georgie Fowler, le père de Tony, il se trouva un grand nombre de journaux qui prirent fait et cause pour le pirate.

Tony Fowler avait volé un sous-marin, dont il ferait certainement profiter les États de l'Union. C'était une excellente plaisanterie faite aux inventeurs de la vieille Europe, si méticuleuse et si méfiante... Il avait enlevé une jeune fille ?... Cela prouvait la force de son amour, voilà tout. C'était un fait, qui, d'ailleurs, se produisait tous les jours. Pour ce qui était du massacre de l'île Minorque, en dépit des conclusions très nettes de l'enquête ordonnée par le gouvernement espagnol, il était évident que l'équipage du *Jules-Verne* avait été attaqué, provoqué, et n'avait fait qu'user du strict droit de légitime défense.

Pourtant, même en Amérique, il ne se trouvait personne pour attaquer Ursen Stroëm et Goël Mordax. Il n'y avait qu'une voix pour les plaindre. Dans toutes les capitales, aussi bien à Vienne et à Paris qu'à Auckland, à Sydney ou à Buenos Aires, ils étaient à la mode. Les gens du monde coupaient leur barbe à la « Ursen Stroëm ». Il y avait des feutres et des cravates à la « Goël ». Le corset « Edda » et même la redingote « Lepique » trouvèrent de nouveaux admirateurs.

Devant cette poussée de l'opinion publique, les gouvernements ne pouvaient rester indifférents.

Ursen Stroëm avait envoyé huit cent mille francs aux pêcheurs de la Cavalerie ; le milliardaire Rockfeller leur fit don d'une somme égale. Mussolini envoya 150 000 lires et adressa à Ursen Stroëm un autographe des plus flatteurs. Les autres États, en vrais moutons de

Panurge, suivirent le mouvement. Le roi d'Angleterre, soucieux de sa réputation d'homme correct, envoya cinq mille livres sterling. L'Espagne, la Hollande et même la principauté de Monaco, se saignèrent aux quatre veines pour figurer dignement.

En France, il y eut plusieurs discours retentissants, et le vote de la souscription, menacé d'avance de plusieurs interpellations, fut renvoyé au budget de l'année suivante.

Les pauvres pêcheurs se crurent riches... Mais, sauf les huit cent mille francs d'Ursen Stroëm, que M. Lepique alla leur porter lui-même, ils ne touchèrent qu'une faible partie des autres fonds votés à leur intention, à cause du trop grand nombre d'intermédiaires officiels, et de la minutie des formalités.

Cependant, Ursen Stroëm résolut d'utiliser le mouvement d'opinion qui se produisait en sa faveur. Il fit certaines démarches et réussit à obtenir l'envoi d'un croiseur français et d'un croiseur anglais dans les eaux de Gibraltar.

On était sûr, maintenant, que Tony Fowler chercherait à sortir de la Méditerranée, ou tôt ou tard il devait être infailliblement pris.

Il s'agissait de lui barrer le passage.

L'*Étoile-Polaire*, sous le commandement de M. de Noirtier, avait fait route pour Gibraltar, ayant à bord Ursen Stroëm, Goël, Mlle Séguy et M. Lepique.

Gibraltar, la ville aux mille canons, comme juchée au sommet de son roc de calcaire, n'offre rien d'intéressant. Sa population est un ramassis de soldats, de touristes, de juifs et de Marocains venus de Ceuta pour trafiquer.

Quand on a visité le lacis de casemates et de souterrains dont la montagne est creusée, quand on a admiré les fortifications et les casernes, ainsi que les entrepôts qui alimentent la contrebande de tout le sud de l'Espagne, il ne reste plus grand-chose à voir.

Ursen Stroëm et ses amis descendirent plusieurs fois à terre. M. Lepique captura divers insectes qui manquaient à sa collection, s'égara dans les casemates, et fut arrêté comme espion. Mais cette ville de négoce et de guerre, avec des épidémies de fièvre qui sévissent régulièrement, ne plut à aucun d'entre eux. D'ailleurs, ils n'osaient quitter que pour quelques heures le pont de l'*Étoile-Polaire*, dans la crainte que la présence de Tony Fowler ne fût brusquement signalée.

Des jours se passèrent ainsi... Tony Fowler semblait avoir renoncé au projet de franchir le détroit de Gibraltar. Les torpilles-vigies, immergées à différentes profondeurs et reliées, soit aux navires qui croisaient entre l'Espagne et le Maroc, soit aux postes établis sur la côte, ne fournissaient que des indications erronées. Les navires de la petite flottille de surveillance accouraient bien tous au signal de la sonnerie ; mais déjà, Tony Fowler avait eu le temps de gagner les eaux profondes, ou de faire machine arrière.

Les capitaines des croiseurs, qui avaient cru à un facile triomphe, étaient extrêmement vexés. Peu à peu, ils finirent par regarder la capture du pirate sous-marin comme une entreprise presque impossible. Ils se relâchaient de leur beau zèle du début, se bornant à faire strictement le service qui leur était imposé, sans se donner aucune espèce de peine, sans prendre la moindre initiative. Quelques-uns même affirmaient hardiment que Tony Fowler avait franchi le détroit de Gibraltar, et que c'était perdre son temps que de lui donner la chasse.

Sur ces entrefaites, des complications diplomatiques se produisirent en Extrême-Orient... Une à une, les puissances retirèrent leurs navires de guerre, après s'être excusées officiellement auprès d'Ursen Stroëm. Finalement, il ne demeura qu'un croiseur anglais, dont Gibraltar était le port d'attache, et qui continua d'évoluer dans le détroit, combinant ses manœuvres avec celles de l'*Étoile-Polaire*.

À bord du yacht, on commençait à désespérer, que pouvait donc faire Tony Fowler ?... Avait-il renoncé à sortir de la Méditerranée ?... Avait-il effectué subrepticement son débarquement sur les côtes de Tunis, à la lisière du grand désert saharien ?... Ou bien, le *Jules-Verne*, ayant subi d'irréparables avaries, avait-il échoué sur un bas-fond ?...

Ou flottait-il, en détresse, entre deux eaux, sans pouvoir remonter à la surface ?... Qu'étaient devenus, enfin, Edda Stroëm et Coquardot ?

À bord de l'*Étoile-Polaire*, on ne vivait pour ainsi dire plus.

Ursen Stroëm et Goël bouillaient d'impatience en attendant l'achèvement du *Jules-Verne II*, qui leur permettrait de se lancer à la poursuite du ravisseur d'Edda. Chaque jour, la T.S.F. transmettait aux chantiers du golfe de la Girolata des instructions détaillées et précises... Mlle Séguy n'avait plus la force de cacher ses larmes. C'était maintenant Ursen Stroëm, qui, parvenu à maîtriser la douleur que lui causait la perte d'Edda, consolait la jeune fille.

Quant à M. Lepique, il passait la majeure partie de son temps sur le pont, occupé à ruminer des projets de vengeance. Il était dans un état perpétuel d'exaspération. Ses mains se crispaient, ses sourcils se fronçaient : il jetait autour de lui des regards menaçants. Il finissait par lancer dans le vide une série de vigoureux coups de poing... Quand cette violente gymnastique lui avait enfin calmé les nerfs, il redescendait auprès de Mlle Séguy, dont il essayait de relever le courage par les affectueuses paroles que lui dictait son cœur de grand enfant naïf et sentimental.

Goël Mordax, lui, ne pouvait tenir en place. Il pressait Ursen Stroëm de retourner à la Girolata. Bien que Pierre Auger télégraphiât chaque jour que tout allait bien, il semblait à l'ingénieur que sa présence activerait les travaux, hâterait encore la rapidité déjà merveilleuse de la construction. Ursen Stroëm demeurait inflexible.

– Tant que je n'aurai pas la certitude que Tony Fowler a réussi à passer le détroit, disait-il à Goël, nous ne quitterons pas Gibraltar... Le détroit est la seule issue par laquelle il puisse s'échapper... Il importe que nous soyons là pour barrer le chemin au misérable !...

À ces raisons, il n'y avait rien à répondre. Goël, impatienté et désespéré, se confinait dans un morne silence...

Cependant, à bord du *Jules-Verne*, la situation semblait gravement compromise. Depuis le massacre de la Cavaleria, près de trois semaines s'étaient écoulées. Les vivres frais commençaient à s'épuiser.

Tony Fowler voyait avec inquiétude arriver le moment où il lui faudrait de nouveau nourrir exclusivement ses hommes de conserves et de poissons.

La découverte des torpilles-vigies lui avait donné la certitude que le passage du détroit était sévèrement gardé. Il se demandait, avec anxiété, par quels moyens il parviendrait à gagner l'Atlantique. Il avait avec Robert Knipp de longs conciliabules, qui demeuraient toujours sans résultat.

Tony Fowler vivait dans des angoisses mortelles, n'osant quitter les parages de Gibraltar, puisque sa seule chance de salut était de sortir de la Méditerranée, n'osant non plus s'approcher trop près de la forteresse anglaise, où il savait que sa présente était guettée.

Suivant la tactique précédemment adoptée par Tony Fowler, le *Jules-Verne* ne remontait plus à la surface que pendant la nuit, pour renouveler sa provision d'air respirable.

Edda et le fidèle Coquardot souffraient beaucoup de cet état de choses, puis ils étaient toujours étroitement surveillés. La jeune fille ne quittait plus que rarement sa cabine : le chagrin, la captivité, l'air vicié qu'elle respirait, abattaient ses forces. Amaigrie et pâle, elle n'était plus que l'ombre d'elle-même.

Le Yankee recevait avec une indifférence complète les plaintes de la captive. C'est à peine s'il daignait y répondre par quelques paroles de politesse, ou par de vagues promesses, jamais suivies d'exécution.

Tony Fowler était absorbé par la surveillance de son équipage, qui lui donnait de perpétuelles inquiétudes. À la grande joie de Coquardot, qui n'attendait qu'une occasion favorable pour fomenter la révolte, les hommes commençaient à murmurer, furieux de voir les vivres frais tirer à leur fin. Ils parlaient de tenter une nouvelle descente sur les côtes d'Espagne pour se ravitailler.

– Eh ! s'écriait Tony Fowler avec fureur, quand nous serons en plein Atlantique, loin de toute terre, il faudra bien que ces gaillards-là m'obéissent au doigt et à l'œil... Ils auront beau faire, nous ne relâcherons nulle part avant d'avoir atteint le rivage des États-Unis.

Mais, pour arriver à l'Atlantique, il fallait franchir le détroit et, de prime abord, la tentative paraissait impossible.

Tony Fowler fit plusieurs essais. Il suivit la côte d'Espagne, puis celle du Maroc. Il s'immergea par les grands fonds. Partout, il se heurtait à des torpilles-vigies, qui reliées à la terre par des courants électriques, se balançaient entre deux eaux comme de vigilantes araignées au bout de leur fil.

Il eut un moment de découragement. Son principal complice, Robert Knipp, le regardait maintenant avec ironie.

L'ancien contremaître d'Ursen Stroëm n'avait pas, en effet, oublié les promesses d'Edda : et il observait philosophiquement les événements, prêt à trahir son maître, ou à lui rester fidèle, selon que l'exigerait son intérêt.

Tony Fowler devinait aisément ce qui se passait dans l'âme de son complice : mais il se gardait d'y faire allusion.

– Il faut que nous passions coûte que coûte, répétait-il pour la centième fois à Robert Knipp.

– Ma foi, c'est votre affaire, répondit insolemment le Yankee en haussant les épaules... Vous nous avez imprudemment embarqués dans une fâcheuse aventure. À vous de vous en tirer comme vous l'entendrez. Moi, je m'en lave les mains...

– Voyons... Si nous détruisions les torpilles-vigies ?

– Mauvais moyen... La destruction d'un seul de ces engins suffirait à nous trahir et Ursen Stroëm est homme à les remplacer par de bonnes torpilles explosives, dont il serait dangereux d'approcher.

– Que me conseillez-vous, alors ?

Robert Knipp se mit à rire :

– Rendre la jeune fille... Que nous soyons pendus maintenant ou dans six mois !...

– Jamais ! s'écria rageusement Tony Fowler... J'aime mieux mourir avec elle, et que le *Jules-Verne* soit notre tombeau !

– Vous en parlez à votre aise ! ricana Robert Knipp. Mais avant de vous laisser mourir, vous ferez bien de demander leur avis aux hommes de l'équipage.

Et il s'éloigna en sifflant le *Yankee doodle*.

Tony Fowler était furieux. Le cynisme de son complice le révoltait. Il resta quelque temps songeur ; puis brusquement, sa physionomie s'éclaira. Il eut un sourire de triomphe. Il s'approcha du cornet acoustique qui communiquait avec la cage du timonier et commanda :

– Il fait déjà nuit depuis deux heures... Faites manœuvrer les pompes et les hélices, et que l'on remonte à la surface.

– Impossible ! répondit le timonier, dont la voix parvenait distincte à l'oreille de Tony Fowler... Les appareils météorologiques accusent à la surface une tempête formidable... Il ne serait pas prudent...

– Faites ce que je vous dis !... ordonna le Yankee avec colère... Du moment où je vous dis de remonter, c'est que j'ai mes raisons pour cela.

Le timonier obéit ; et l'air commença à entrer, en sifflant, dans les réservoirs. En dépit des hélices latérales, le *Jules-Verne* était animé d'un violent mouvement de roulis et de tangage, à mesure qu'il se rapprochait de la surface.

Malgré son lest et sa quille de plomb, il dansait dans le creux des lames comme une coquille de noix.

Le capot de la plate-forme avait été ouvert pour le renouvellement de l'atmosphère. Tony Fowler s'y engagea à mi-corps, et à demi aveuglé par les grosses lames qui le souffletaient, il inspecta à l'horizon, cramponné des deux mains à la balustrade de fer.

Le ciel et la mer étaient d'un noir d'encre. La crête livide des hautes lames phosphorait. De temps à autre, le zigzag jaune et bleu d'un éclair déchirait le sombre manteau des nuages, éclairant de véritables montagnes d'eau. On eût dit que l'Atlantique et la Méditerranée se ruaient l'un contre l'autre, et avaient choisi pour champ de bataille le chenal resserré du détroit.

Très loin, Tony Fowler distingua les feux de Gibraltar et de deux ou trois navires mouillés en rade. Tony Fowler se hâta de rentrer dans l'intérieur du sous-marin.

– Voilà une tempête qui arrive à propos ! s'écria-t-il... C'est ce soir que nous passerons ou jamais !

Quelques instants après, le *Jules-Verne* faisait sa plongée, et retrouvait, à trente mètres de profondeur, un calme et une stabilité parfaits.

Tony Fowler s'installa lui-même à la barre. Il ordonna au mécanicien d'imprimer aux hélices la vitesse maxima. Sur ses ordres, les fulgores furent éteints, et soigneusement arrimés le long des flancs du sous-marin. Pour compléter cet ensemble de précautions, Tony Fowler ordonna à Robert Knipp de se rendre, avec deux hommes, dans la soute aux poudres, et de remplacer les fulgores par autant de torpilles autonomes, chargées de mélinite.

Ces appareils, en usage dans toutes les marines de guerre sont conçus d'après le même principe que les fulgores et se gouvernent de la même façon.

– Si quelqu'un veut m'empêcher de passer, s'écria Tony Fowler, tant pis pour lui !... Une seule de ces torpilles est suffisante pour faire sauter un croiseur, et même un cuirassé de premier rang.

Pendant que ces préparatifs avaient lieu, Robert Knipp et les autres hommes de l'équipage ne soufflaient mot. En eux-mêmes, ils ne pouvaient s'empêcher d'admirer l'audace et le sang-froid de leur chef, et tous reprenaient confiance dans le succès final de l'entreprise.

Le *Jules-Verne* filait à toute vitesse, entre deux eaux, sans s'inquiéter des torpilles-vigies dont les sonneries tintaient sur son passage. Déjà Tony Fowler se redressait avec orgueil et s'écriait :

– Nous devons être en ce moment sous le feu des batteries de Gibraltar...

Lorsqu'un choc se produisit brusquement... Puis, un second choc.

Tony Fowler crut que le *Jules-Verne* avait donné contre un écueil. Il pressa un bouton électrique : deux fulgores s'allumèrent...

Le *Jules-Verne* avait buté contre un de ces réseaux de fil d'acier, nommés filets Bullivan, du nom de leur inventeur, et qui servent à défendre les cuirassés contre les torpilles.

Ces filets, construits en mailles très résistantes, et disposés de six mètres en six mètres sur un quadruple rang, avaient été placés là par les ordres de Goël et d'Ursen Stroëm.

– Pincés ! fit Robert Knipp avec un lamentable rictus.

– Imbécile ! riposta Tony Fowler. Que l'on fasse immédiatement manœuvrer les cisailles automatiques. Que l'on coupe les mailles des deux premiers filets pour nous dégager... Puis, que l'on fasse machine en arrière.

– Et après ? demanda Robert Knipp tout effaré.

– Eh bien, après, nous passerons par-dessous ces maudits filets... Je pense qu'ils ne descendent pas à cent mètres de profondeur.

Les cisailles fonctionnèrent. Mais l'opération devait demander un certain temps. Tout autour du sous-marin, les avertisseurs des torpilles-vigies sonnaient furieusement. Les hommes de l'équipage perdaient la tête.

Cependant, les mailles d'un des filets avaient été coupées. Celle du second allaient l'être entièrement, lorsque Tony Fowler, qui ne quittait pas des yeux la chambre du téléphone, qui lui permettait de voir ce qui se passait à la surface de la mer, poussa un cri de terreur... Filant entre les lames, à toute vapeur, deux navires, sans doute prévenus par les torpilles-vigies de la marche du sous-marin, s'étaient risqués à sortir, malgré le gros temps.

Tony Fowler les distinguait, grâce à leurs feux. Ils étaient à sec de toile. Parfois, ils disparaissaient entre les lames ; puis brusquement, ils reparaissaient à la crête d'une montagne d'eau, Tony Fowler put lire leur nom sur le tableau d'arrière. C'étaient l'*Étoile-de-Mer* et *The Nelson*, croiseur cuirassé de Sa Majesté Britannique.

Il restait encore une vingtaine de mailles à couper.

– Aux torpilles ! commanda Tony Fowler... Du coup, ce misérable Goël ne m'échappera pas !

Pendant les péripéties de ce drame sous-marin, Edda Stroëm et Coquardot – est-il besoin de le dire ? – avaient été enfermés à clef dans leurs cabines.

Sans savoir au juste ce qui se passait, Edda se sentait le cœur serré par une angoisse inexprimable. Un instinct mystérieux l'avertissait de la présence de Goël, et de la terrible lutte dont elle était l'enjeu. Quant à Coquardot, il était plongé dans l'abattement le plus profond. Depuis longtemps, c'en était fini de ses belles colères ! Étendu sur sa couchette, il attendait avec résignation que le sommeil vint s'emparer de lui. Mais, il ne pouvait arriver à s'endormir. Lui aussi était nerveux, inquiet ; et il pressentait obscurément la gravité des événements.

Tout à coup, une formidable explosion retentit... Un des deux navires qui poursuivaient le *Jules-Verne* s'était trouvé en contact avec une torpille et venait de sauter.

« Pourvu que ce soit Goël Mordax !... » songeait Tony Fowler avec jubilation.

Ce n'était pas Goël. C'était le croiseur anglais *The Nelson*, dont la coque, atteinte par le projectile chargé de plusieurs kilogrammes de mélinite, venait de s'entrouvrir avec un horrible fracas.

The Nelson disparut, au milieu d'une gigantesque trombe d'eau. L'*Étoile-Polaire* n'eut que le temps de s'enfuir, pour ne pas être prise par le remous, et pour ne pas couler à son tour.

– Le misérable ! rugit Ursen Stroëm, qui se tenait sur la dunette, à côté de Goël Mordax.

Le croiseur anglais avait coulé à pic. L'équipage de l'*Étoile-Polaire* entrevit un instant sa mâture. Puis, une énorme lame passa... Et ce fut tout.

– Il a franchi le détroit, maintenant ! s'écria Ursen Stroëm avec découragement... Il ne nous reste plus qu'à regagner notre mouillage...

– Soit, répondit Goël, accablé.

– D'autant plus, ajouta M. de Noirtier, qu'avec cette mer démontée nous ne pourrions résister à la tempête un quart d'heure de plus.

L'*Étoile-Polaire*, capeyant sous petite vapeur, parvint à grand-peine à regagner la rade de Gibraltar.

Cependant, quand la dernière maille du filet Bullivan eut été coupée et que la torpille eut été lancée, le *Jules-Verne*, faisant machine en arrière, s'immergea par une profondeur de cent mètres.

Et, passant au-dessous des filets Bullivan, en dépit des torpilles-vigies désormais inutiles, il franchit le détroit de Gibraltar, dont personne ne songeait plus à lui barrer le passage.

Bientôt, son hélice battit les flots de l'océan Atlantique.

Deux heures après, Tony Fowler fit remonter le sous-marin à la surface.

La tempête était presque calmée. La lune, par une échancrure des nuages, éclairait une mer de vagues courtes et dures. Dans le lointain, on apercevait les derniers feux des côtes d'Espagne.

– Hurrah ! s'écria Tony Fowler... Maintenant, je considère que j'ai partie gagnée !

IV

La poursuite

Malgré le coup terrible que leur avait causé le succès de Tony Fowler à Gibraltar, Ursen Stroëm et Goël Mordax continuaient la lutte avec une patience inlassable.

Il y avait cinq jours que le *Jules-Verne II*, enfin terminé et naviguant de conserve avec l'*Étoile-Polaire*, avait perdu de vue les côtes de l'Europe. Le yacht et le sous-marin se trouvaient en plein Atlantique, à quelques centaines de milles à l'est des Açores.

En dépit de l'extraordinaire célérité avec laquelle le *Jules-Verne II* avait été mis en chantier et terminé, Goël Mordax avait trouvé moyen d'apporter un certain nombre d'améliorations à son type de sous-marin.

Grâce à sa forme plus allongée, à ses machines plus puissantes et à une meilleure disposition de ses hélices, le sous-marin était capable de fournir une vitesse beaucoup plus considérable que le premier *Jules-Verne*. Goël avait prévu la nécessité d'avoir à donner la chasse à son ennemi ; et il voulait être en mesure de le forcer pour ainsi dire à la course, et au besoin de lui couper la retraite en le devançant.

Goël avait pourvu son second sous-marin d'un armement formidable. Le *Jules-Verne II* était pourvu de quatre de ces canons sous-marins, inventés par le capitaine Ericsson, lesquels, grâce à une garniture obturatrice et à des sabords à fermeture automatique, peuvent tirer sous l'eau, et lancer à volonté des torpilles ou des obus spéciaux. En outre, la soute aux poudres était largement approvisionnée de torpilles perfectionnées et de torpilles-vigies.

L'équipage se composait de trente-deux hommes, tous norvégiens, suédois ou français. Ils avaient été choisis, un par un, par Goël et par Ursen Stroëm, lui-même, parmi les plus robustes et les plus intelligents. C'était une véritable élite de matelots, d'électriciens et de plongeurs.

Dans une longue cabine spécialement aménagée, et qui avait, à certains égards, l'aspect d'une salle des armures du Moyen Âge, se trouvaient alignés les appareils de scaphandre, construits suivant les dernières données de la science et munis de leur réservoir d'air liquide, de leur tube à potasse caustique pour absorber l'acide carbonique, de leur lampe électrique et du minuscule téléphone sans fil, qui leur permettait de rester en relation avec le sous-marin pendant leurs excursions au fond de l'Océan.

Ces scaphandres, dont l'armature était formée de cercles et de plaques d'acier chromé et vanadié, étaient recouverts d'un épais caoutchouc. Ils pouvaient supporter sans inconvénient des pressions qui eussent réduit en miettes un appareil ordinaire.

L'armement des scaphandriers se composait d'une courte carabine, très massive, conçue d'après les principes de l'ingénieur Raoul Pictet. On introduisait dans la culasse mobile une cartouche d'eau ; et grâce à un accumulateur dissimulé dans la crosse, sitôt que le tireur appuyait sur la gâchette, l'eau, brusquement réduite en vapeur par le courant électrique, chassait hors du canon une balle-fléchette, dont la rainure barbelée était trempée dans un poison végétal, qui causait la mort instantanée de l'animal qui en était frappé.

Cet armement était complété par un large sabre-coutelas, dont la pesante poignée, garnie de plomb, devait faciliter le maniement à une grande profondeur.

Sous le rapport de l'approvisionnement et du confortable, le *Jules-Verne II* ne laissait rien à désirer... Et, bien qu'Ursen Stroëm eût permis à M. Lepique et à Mlle Séguy de conserver les cabines respectives qu'ils occupaient à bord de l'*Étoile-Polaire*, ils avaient préféré, autant par curiosité qu'en vertu du puissant intérêt qu'ils prenaient aux recherches, s'embarquer avec leurs amis, dans le merveilleux sous-marin construit par Goël.

Pourtant, en dépit des sommes énormes dépensées, en dépit de l'ardeur et de la patience avec lesquelles les recherches se poursuivaient, la délivrance d'Edda apparaissait comme de plus en plus problématique. L'Atlantique, avec son immense étendue, ses abîmes de six mille mètres, ses forêts de sargasses, était encore moins facile à explorer que la Méditerranée. Puis, cet immense océan qui, depuis la Patagonie jusqu'à la Guinée, depuis le Maroc jusqu'au Brésil, baigne tant de royaumes peu civilisés, offrait d'immenses ressources à un audacieux pirate comme Tony Fowler.

Le Yankee pourrait avoir l'idée de débarquer dans quelque

pampa, dans quelque forêt, et de gagner, en s'enfonçant dans les terres avec sa proie, une inaccessible retraite où il serait en sûreté, et où l'on serait des années sans avoir de ses nouvelles.

En somme, il ne fallait plus guère compter, pour retrouver Edda, que sur un heureux hasard, sur une coïncidence presque chimérique.

Un soir, vers dix heures, Ursen Stroëm, Goël, M. Lepique, et Mlle Séguy, réunis dans le salon du *Jules-Verne II*, alors immergé à une profondeur de quelques mètres à peine, discutaient pour la centième fois sur les difficultés et les périls de leur situation. Le découragement et la tristesse se peignaient sur les visages. Mlle Séguy et M. Lepique eux-mêmes en étaient venus à ne plus même essayer de consoler Ursen Stroëm et Goël Mordax.

– Edda est perdue ! avait conclu le Norvégien.

Personne n'avait osé ajouter une parole de confiance ou un mot d'espoir. Un morne silence régnait, rythmé seulement par le tic-tac régulier des hélices.

– Et pourtant, dit tout à coup Ursen Stroëm, comme s'il se fut parlé à lui-même, je ne peux pas ainsi abandonner mon enfant ! Je ne peux pas la laisser entre les mains du bandit au pouvoir de qui elle est tombée !

– Nous la trouverons ! répliqua Goël avec une sombre énergie... Nous la délivrerons, je vous le jure, dussions-nous pour cela fouiller tous les océans et tous les déserts de l'univers !

– Je ne vous abandonnerai pas, s'écria Mlle Séguy... Et je veux vous accompagner partout où vous irez ! Edda est une sœur pour moi ; et je considère comme un devoir d'aider à sa délivrance, dans la mesure de mes faibles moyens.

– Et moi, fit M. Lepique avec enthousiasme et en se levant subitement, je vous suivrai aussi... Je vous défendrai, je vous le jure en toute occasion. C'est mon devoir ! Et puis, – et sa voix devint menaçante, – j'ai une vengeance personnelle à tirer de ce mauvais Yankee !... Qu'il me tombe sous la main, et je l'écraserai comme une mouche !

En même temps, M. Lepique abattait violemment son poing fermé sur une petite table qui se trouvait à côté de lui.

Au même moment, une sonnerie électrique se fit entendre. Instantanément, toutes les autres sonneries du *Jules-Verne II* se mirent à carillonner.

– Monsieur ! s'écria Mlle Séguy, vous avez fait jouer le bouton d'alarme !

M. Lepique était abasourdi... Cependant, tout le monde était en émoi dans le sous-marin. Les hommes de l'équipage couraient çà et là en criant : « Au feu ! » Ils mettaient en mouvement les appareils de grand secours pour combattre un incendie.

Pierre Auger accourut dans le salon, suivi de quelques matelots, porteurs de flacons contenant des gaz asphyxiants.

– Ce n'est rien, lui dit Ursen Stroëm, qui venait d'arrêter les sonneries... Un faux mouvement a fait jouer le bouton d'alarme. Rassurez vos hommes et arrêtez le grand secours, ou dans un instant, nous allons être inondés !... Et vous, M. Lepique, ajouta-t-il en souriant, une autre fois, modérez vos transports !

À cause de la grande quantité de substances explosibles que renfermait le sous-marin, des précautions avaient été prises par Goël contre le risque d'incendie. Les portes métalliques des cloisons étanches pouvaient être instantanément fermées, et les compartiments inondés, puis vidés les uns après les autres, grâce aux puissantes pompes du bord.

Cependant, les sonneries s'étaient toutes arrêtées, sauf le timbre, placé au-dessus du récepteur du télégraphe sans fil, qui mettait le *Jules-Verne II* en communication avec l'*Étoile-Polaire.*

– Grand Dieu !... s'écria Goël... M. de Noirtier aurait-il aperçu quelque chose ?

– Heureusement, fit Ursen Stroëm en consultant les appareils, qu'il n'est guère qu'à une centaine de mètres de nous !

Goël s'était précipité vers le récepteur.

– Que le *Jules-Verne II* rallie vite l'*Étoile-Polaire*... disait M. de Noirtier. L'ennemi n'est, à l'heure qu'il est, qu'à quelques encablures du yacht... L'homme de vigie, grâce au clair de lune, a parfaitement distingué la coque du sous-marin flottant à la surface, et sans doute en train de renouveler sa provision d'air.

– Victoire ! s'écria Ursen Stroëm... Cette fois, le bandit ne nous échappera pas... Nous le tenons !... Ce n'est plus maintenant qu'une question de vitesse... Il ne peut nous échapper !

– De plus, répliqua Goël, en admettant, ce qui n'est guère probable, qu'il nous glisse entre les doigts cette fois-ci, nous voilà renseignés sur son itinéraire... Évidemment, il suit la route la plus courte pour atteindre New York ou les ports du voisinage... Désormais, nous sommes sur la bonne piste.

– Il retourne en Amérique ! fit M. Lepique... Quel toupet ! quel cynisme !... Il se figure, que dans ce grand pays civilisé, ses millions lui assureront l'impunité !...

– Je crois qu'il n'ira pas si loin, dit Mlle Séguy. M. Goël a l'air absolument sûr de son fait...

– Aussi, Goël l'avait bien dit ! s'écria M. Lepique... Tony Fowler, qui est très ignorant en fait de géographie sous-marine, n'a pas osé s'aventurer dans le sud de l'Atlantique... Il suit, ce qui est de sa part une grave imprudence, un chemin que sillonnent des centaines de paquebots... Il passe au-dessus de cette vaste plaine sous-marine qu'ont relevée les sondages, et qu'on appelle le plateau du Dolphin...

Un véritable branle-bas de combat avait lieu à l'intérieur du *Jules-Verne II*... Timoniers, électriciens, artilleurs des canons Ericsson, tous étaient à leur poste.

Avec son sifflet de commandement, Goël transmettait à tous ses instructions, formulées par une série de modulations aiguës et brèves.

– Est-ce que nous regagnons l'*Étoile-Polaire* demanda Ursen Stroëm, pour nous entendre avec M. de Noirtier ?

– Pas du tout, répliqua vivement Goël. Les minutes sont précieuses... M. de Noirtier ne nous apprendrait rien de plus que ce que nous savons... Je vais, seulement, lui télégraphier de nous suivre, en évoluant vers l'est, à petite vapeur, et de se tenir prêt à tout événement.

Sur l'ordre de Goël, les fanaux et les fulgores du *Jules-Verne II* avaient été éteints. Le sous-marin évoluait en pleines ténèbres. Sauf la rencontre, bien improbable, d'une épave flottant entre deux eaux, cette façon de marcher à l'aveuglette ne présentait aucun inconvénient par ces fonds de deux à trois mille mètres.

Les yeux collés aux lentilles de cristal de la cabine de vigie située à l'avant, Goël, le cœur battant, scrutait la profondeur vaguement phosphorescente des ténèbres sous-marines. Brusquement, il poussa un cri de joie. Son émotion fut telle qu'il resta quelques minutes sans pouvoir prononcer une parole.

Tout là-bas, au fond des eaux, il venait d'apercevoir le rayonnement affaibli de plusieurs fanaux électriques, dont les lumières blanches dansaient comme des lucioles.

– Ce sont les fulgores du sous-marin que Tony Fowler nous a volé ! s'écria-t-il... Le maudit Yankee a négligé de les éteindre ! Cette imprudence lui coûtera cher !

Immédiatement, le *Jules-Verne II*, filant entre deux eaux, se dirigea vers les lumières. Elles grossissaient de minute en minute.

– Nous les gagnons de vitesse ! s'écria joyeusement M. Lepique.

– Silence ! ordonna Goël, à voix basse... Ne sais-tu pas que dans l'eau les moindres sons se répercutent à des distances considérables ?

– C'est juste... Mais maintenant, Tony Fowler est trop près pour pouvoir s'échapper !

Cependant, à la surprise générale, les fulgores paraissaient immobiles.

– Comment se fait-il qu'il ne prenne pas la fuite ? Je n'y comprends rien, dit Goël.

– Peut-être veut-il se rendre, objecta Ursen Stroëm.

– Oh ! pour cela, n'y comptez pas... Je connais Tony Fowler... Je crains plutôt que cette immobilité ne nous cache quelque piège... Je n'aperçois devant nous qu'un fouillis confus, au milieu duquel je ne puis rien distinguer.

– Nous sommes assez près, murmura Ursen Stroëm... Montrons-nous et éclairons-nous...

Goël pressa un bouton électrique. Immédiatement, les fanaux se rallumèrent. Une puissante nappe de clarté enveloppa les flancs du *Jules-Verne II*.

Goël poussa une exclamation de rage, de stupéfaction et de désappointement... Les fanaux n'éclairaient qu'un immense amas de fucus, de raisins du tropique et de ces immenses algues auxquelles on a donné le nom générique de sargasses.

Entre les mailles serrées de cet inextricable tissu d'herbes marines, étaient enchevêtrées deux fulgores.

Ursen Stroëm et ses amis se rendirent promptement compte du stratagème employé par Tony Fowler... Se voyant sur le point d'être pris, il avait sacrifié une partie de ses fulgores, en les engageant dans le massif des sargasses. Puis, il avait éteint tous ses feux, et s'était enfui dans une direction opposée à celle où l'on croyait le rencontrer.

Ce fut vainement que le *Jules-Verne II* évolua toute la nuit, dans les environs. Vainement, fouilla-t-il les profondeurs, dardant jusqu'au plus épais des fourrés d'algues les faisceaux lumineux de ses projecteurs.

Toutes les recherches demeurèrent sans résultat. Tony Fowler, encore une fois, avait réussi à s'échapper.

Les hommes de l'équipage de Goël ne se couchèrent qu'au point du jour, mais ils avaient pour leur chef un attachement si profond, qu'après quelques heures de repos, ils se trouvèrent de nouveau prêts à endurer toutes les fatigues.

Lorsqu'à midi, la cloche du steward – successeur intérimaire du malheureux Coquardot – eut réuni tout le monde autour de la table du déjeuner, Goël essaya vainement de remonter le moral très abattu d'Ursen Stroëm.

– Hier, dit-il, Tony Fowler nous a glissé entre les doigts comme une couleuvre. Mais sa situation est des plus embarrassées... D'abord, il sait que nous connaissons sa présence ; puis, il se trouve imprudemment engagé dans cette mer des Sargasses qui est le réceptacle de toutes les épaves végétales entraînées par les fleuves des deux Amériques...

– Et dont les algues, enchevêtrées les unes dans les autres, et comme feutrées, arrêtèrent longtemps les vaisseaux de Christophe Colomb, remarqua M. Lepique.

– Précisément, reprit l'ingénieur... La navigation dans ces parages, surtout pour un sous-marin, est entourée de périls et de difficultés de toute nature... À chaque instant, son hélice s'embarrassera dans les interminables rubans du varech nageur...

Cet accident si simple peut immobiliser un sous-marin pendant des heures.

– Puis, dit encore M. Lepique, il ne pourra pas lancer le *Jules-Verne* à toute vitesse à travers ces taillis épais d'hydrophites. Il y resterait pris comme dans de la glu... Il sera obligé de louvoyer, d'aller très lentement...

– Et pendant ce temps-là, nous le rattraperons, ajouta, sans grande conviction, Mlle Séguy.

Mais à tout ce qu'on lui disait, Ursen Stroëm ne répondait qu'en hochant la tête avec découragement.

Ce jour-là et le suivant, les recherches continuèrent sans amener aucun nouvel indice qui pût mettre sur la trace du ravisseur.

V

Cèdera-t-elle ?

Tony Fowler s'enorgueillissait du bonheur insolent qui, jusque-là, avait accompagné son entreprise.

– De l'audace ! s'écria-t-il. Avec cela, on peut tout tenter, tout essayer : on est sûr de réussir.

Dans sa téméraire sécurité, Tony Fowler n'avait même plus de doute sur le succès final de son voyage. N'avait-il pas triomphé des principales difficultés ? N'était-il pas arrivé à s'échapper de cette Méditerranée, où il était pris comme dans un traquenard, et à gagner l'immense océan Atlantique, où il était à peu près impossible de lui donner efficacement la chasse. Il avait échappé à son ennemi, et Goël Mordax, malgré toute sa science, malgré toute son énergie, malgré tout son amour pour Edda, n'avait pu réussir à le capturer. Enfin, et ce n'était pas là le moins difficile, par son énergie et par son sang-froid, il avait maté un équipage composé de mauvais drôles. Il les avait rendus dociles et respectueux.

Depuis le passage du détroit de Gibraltar, aucune mutinerie nouvelle ne s'était produite à bord du sous-marin. Les hommes se contentaient des vivres fournis en abondance par la pêche ; et ils ne réclamaient rien de plus. Tony Fowler avait fini par leur faire comprendre qu'il était de leur intérêt de patienter, jusqu'à ce qu'ils fussent arrivés en Amérique. D'ailleurs, disait souvent Tony Fowler à Robert Knipp, – et cet argument répété aux hommes de l'équipage produisit sur eux un grand effet, – si vous vous empariez du navire, vous seriez incapable de le conduire sans moi, et de le mener soit en Amérique, soit en Europe. Et vous n'en seriez pas moins privés de vivres frais et de liqueurs fortes pendant la seconde partie de la traversée.

Tony Fowler était donc très satisfait. Sous sa conduite, le *Jules-Verne* évoluait sur la limite de la mer des Sargasses, en remontant vers le nord.

Depuis qu'il avait failli tomber entre les mains de Goël et d'Ursen Stroëm, Tony Fowler n'avançait plus qu'en prenant d'extrêmes précautions. Il avait définitivement fait démonter les fulgores qui lui restaient ; et il avait trouvé que, – réflexion faite, – le plus sûr pour lui était de voyager en plein jour, à quelques mètres seulement de la surface.

De cette façon, grâce au miroir monté sur un flotteur insubmersible, et relié à la chambre noire du téléphote, il pouvait inspecter l'horizon, prêt à gagner les grandes profondeurs à la moindre alerte.

La nuit venue, le sous-marin se tapissait entre les algues, s'enfonçait au plus épais des massifs, de façon à échapper aux projections électriques et aux torpilles-vigies de ceux qui le poursuivaient. Caché dans les herbes marines comme un crustacé, le *Jules-Verne* ne quittait sa retraite qu'au petit jour, pour recommencer à naviguer de la même allure prudente et lente.

Cependant, il se produisit, peu de temps après l'attaque de Goël, un incident qui donna fort à réfléchir à Tony Fowler.

Un soir, un peu avant le coucher du soleil, il aperçut un croiseur de la marine américaine. À sa corne d'artimon, flottait le pavillon à bandes rouges et blanches, au carré d'azur constellé d'or.

Le Yankee se croyait à une trop grande distance pour qu'on le remarquât. Debout sur la plate-forme du *Jules-Verne*, il observait attentivement le navire de ses compatriotes, lorsqu'il fut violemment arraché à sa contemplation... Une fumée blanche avait paru au sabord du croiseur, bientôt suivie d'une détonation et un boulet était venu ricocher à moins d'une centaine de mètres du *Jules-Verne*.

Tony Fowler se hâta de quitter un poste d'observation qui pourrait devenir dangereux, et il rentra dans l'intérieur en ordonnant que l'on immergeât immédiatement le sous-marin. Ce qui fut exécuté.

Le Yankee était de fort méchante humeur.

Voilà qui est de mauvais augure, songeait-il... Mes compatriotes m'envoient des obus : cela ne présage rien de bon pour mon arrivée aux États-Unis... L'histoire du navire que j'ai coulé a dû scandaliser les honnêtes Yankees... Les milliards d'Ursen Stroëm et l'activité de Goël ont fait le reste... En dépit de l'influence et des richesses de mon père, ma tête doit être mise à prix, dans les États de l'Union aussi bien que dans l'ancien monde.

En cela, Tony Fowler ne se trompait pas. Grâce aux démarches des gouvernements anglais et français, grâce aux efforts de Goël et d'Ursen Stroëm, les États-Unis avaient officiellement décrété Tony Fowler de prise de corps, et avaient hautement blâmé son infâme conduite.

Je pourrais encore, se disait Tony Fowler, qui continuait le cours de ses méditations, sortir honorablement de cette affaire... Personne ne pourra me prouver que j'ai torpillé un navire à Gibraltar. Le désastre peut parfaitement être attribué à une des torpilles fixes de la défense du port... Je soutiendrai cette thèse mordicus, et une restitution du prix du bâtiment, adroitement opérée par mon père, fera le reste.

Mais la condition principale du succès et de l'impunité de Tony Fowler, était le consentement et l'amour d'Edda Stroëm... Que la jeune fille se décidât à lui accorder sa main, et tout était réparé.

Goël Mordax et Ursen Stroëm lui-même se trouvaient désarmés. L'enlèvement d'Edda et le vol du sous-marin n'étaient plus que de simples peccadilles que la force de la passion ferait excuser.

Le sous-marin serait restitué à Goël, a qui l'on offrirait une forte indemnité ; et tout irait bien.

Tony Fowler avait beau arranger ainsi à son gré les événements dans son imagination, il restait toujours en son esprit un point sombre sur lequel Tony Fowler n'aimait pas à s'arrêter. C'était le massacre des pêcheurs du golfe de la Cavalerie. Cette pensée importunait le Yankee comme un remords. Chaque fois qu'elle se présentait à son esprit, il haussait les épaules et fronçait les sourcils avec mécontentement.

Bah ! finissait-il par conclure avec l'optimisme que lui avaient donné les derniers événements, c'est encore une affaire que j'arrangerai à force d'argent... J'offrirai à l'Espagne une forte indemnité, et je serai jugé et condamné pour la forme, puis gracié. Les lois ne sont pas faites pour les milliardaires... On n'a jamais vu condamner à mort, même un simple millionnaire... La prison, la potence et le *hard-labour*, la guillotine et le fauteuil d'électrocution ne sont faits que pour ceux qui n'ont pas suffisamment de bank-notes déposées dans les coffres-forts des sociétés de crédit...

En dépit de son raisonnement insolent, Tony Fowler comprenait la nécessité de se concilier les bonnes grâces d'Edda.

La tâche ne paraissait pas très facile... Depuis qu'elle était prisonnière à bord du *Jules-Verne*, la jeune fille ne s'était pas départie de son ton glacial et de sa méprisante réserve à l'égard du Yankee, qu'elle n'avait cessé de traiter en geôlier abhorré, en malfaiteur auquel on ne répond que par monosyllabes, du bout des lèvres, auquel on ne parle que dans les cas d'absolue nécessité.

Bien loin d'avoir fait quelque progrès dans l'estime et dans la confiance d'Edda, Tony Fowler s'apercevait, au contraire, qu'il était plus détesté et plus méprisé qu'au début même du voyage. Edda, maintenant, faisait preuve à son égard d'une répulsion qu'elle était incapable de dissimuler.

C'est que Coquardot et sa maîtresse, sans connaître entièrement la vérité sur la façon dont le *Jules-Verne* avait franchi le détroit de Gibraltar, la soupçonnaient en grande partie. Bien plus, ils en étaient à se demander si Ursen Stroëm et Goël n'avaient pas été victimes de la haine de Tony Fowler.

Enfermée dans sa cabine, lorsque le Yankee avait torpillé le croiseur anglais, Edda, plongée dans les ténèbres et très anxieuse de savoir ce qui se passait, avait eu l'idée de pousser le panneau mobile qui recouvrait la vitre de cristal ; et elle avait assisté, épouvantée, à quelques-unes des péripéties du combat sous-marin.

Elle avait vu la torpille jaillir, en une trombe de feu au milieu des épaisses ténèbres de l'abîme, et elle se désespérait, en songeant que c'était peut-être l'*Étoile-Polaire* que Tony Fowler avait ainsi fait sauter.

Coquardot, lui, n'avait rien vu... L'honnête cuisinier essaya de rassurer sa maîtresse.

– Vous avez assisté, mademoiselle, à l'explosion d'une torpille fixe, dont le *Jules-Verne* aura fait partir l'amorce accidentellement, disait-il... ou de quelque mine sous-marine qu'un des fulgures aura frôlé... Vous savez qu'aux environs de Gibraltar, les Anglais ont multiplié, surtout depuis la Grande Guerre, les mines, les torpilles et les engins de défense de tout genre... L'explosion à laquelle vous avez assisté n'a rien, en somme, que de très explicable.

En dépit de ses affirmations optimistes, Coquardot n'était pas loin de partager les appréhensions de la jeune fille. Il avait perdu toute sa faconde méridionale, et il ne retrouvait son bel entrain de jadis qu'à de rares intervalles. D'ailleurs, il était en bons termes avec tout l'équipage : Robert Knipp et Tony Fowler lui-même ne le molestaient plus ; et sauf les rares fois où on l'avait enfermé dans sa cabine, lors de quelque circonstance grave, on l'avait laissé à peu près libre d'errer à sa guise dans l'intérieur du sous-marin.

C'est que Coquardot continuait à être extrêmement précieux à tout le monde, à cause de ses talents culinaires. Ce génial gâte-sauce était doublé d'un naturaliste et d'un chimiste. Il connaissait tout ce qui se mange dans les trois règnes de la nature : il possédait l'art d'en déguiser le goût, de façon à tromper les plus exercés. Maintes fois, il servit à l'équipage des « blanquettes de veau » qui n'étaient autre que du thon magistralement sophistiqué. Avec une algue commune dans l'Atlantique, l'uva esculens, il prépara d'excellents plats de légumes.

Quoiqu'il lui fît bonne mine ouvertement, Tony Fowler gardait pourtant à Coquardot une secrète rancune. Un jour, il avait pris à part l'artiste culinaire, et lui avait proposé une forte prime s'il voulait trahir Edda, s'il voulait conseiller à la jeune fille de regarder Goël comme perdu.

– Trahir Edda, lui avait répondu Coquardot...

– Vous croyez que je vais me faire complice d'un pareil crime !... À Marseille, monsieur, nous ne mangeons pas de ce pain-là !

Et il avait dédaigneusement tourné les talons au Yankee, le laissant à la fois irrité et penaud.

Les choses en étaient là, lorsqu'un soir, Tony Fowler pénétra brusquement dans la cabine d'Edda...

La jeune fille, pour se distraire, avait poussé le panneau mobile, et elle regardait rêveusement les profondeurs animées de fugitives phosphorescences.

Tony Fowler était entré sans frapper, avec le ton et les allures d'un homme décidé à parler en maître. Edda n'eut pas le temps de refermer le panneau mobile. En la voyant, le Yankee eut un ricanement.

– Ah ! ah ! fit-il, je vois que ma belle captive a su se créer des moyens de distraction... J'ignorais que cet ingénieux appareil, qui se trouve aussi dans le salon, se trouvât en même temps dans votre cabine... Décidément, les constructeurs de ce sous-marin ont pensé à tout !

– Tuez-moi donc tout de suite, bandit ! s'écria Edda, frémissante d'indignation.

– C'est bon, continua le Yankee avec une grossièreté imperturbable, il ne s'agit pas de cela pour le moment... Je suis venu ici pour vous parler sérieusement... Il y a quelque temps, miss Edda, je vous ai fait connaître mes intentions... J'ai décidé que je vous épouserais... Et cela, parce que je suis le plus fort, le plus intelligent et le plus audacieux de tous ceux qui ont essayé d'obtenir votre main et votre fortune.

– Vous ne pouvez toujours pas vous dire le plus honnête, répliqua la jeune fille, avec un souverain accent de mépris. Et je sais quelqu'un de plus intelligent et de plus brave que vous !

Cette réponse eut pour résultat de mettre le comble à la fureur du Yankee.

– Vous voulez parler de Goël Mordax, sans doute ? En tout cas, il n'a pas su jusqu'ici vous prouver son intelligence en vous délivrant... D'ailleurs, le jour où il voudrait le faire et où il aurait quelque chance d'y réussir, je ferai sauter ce navire et tous ceux qu'il contient, plutôt que de vous laisser échapper vivante...

Edda ne répondit à ces paroles que par une moue hautaine et souverainement méprisante.

– Vainement, continua Tony Fowler, j'ai essayé de la douceur et des bons procédés pour gagner votre affection. Vainement, je vous ai prouvé, clair comme le jour, que la résistance ne vous mènerait à rien, que j'étais le maître et qu'il fallait m'obéir... Vous avez persisté dans votre entêtement et dans vos mépris envers un homme qui a tout risqué pour vous conquérir et qui seul, est vraiment digne de vous... Aujourd'hui, je viens vous demander encore une fois si, oui ou non, vous voulez devenir ma femme !

– Jamais !

– Alors, ce sera tant pis pour vous... Je vous jure que vous ne sortirez d'ici que lorsque vous vous nommerez lady Fowler.

– Vos menaces sont inutiles, je ne céderai pas. Prenez garde de me pousser à bout !... Je serais capable d'aller jusqu'au crime !

Et Tony Fowler, au paroxysme de la rage, s'approcha de la jeune fille et lui saisit brutalement le poignet.

– Écoutez-moi bien, dit-il d'une voix dure... Je vous donne trois jours pour réfléchir, pour vous décider à m'accorder votre main... Mais, songez-y, c'est le dernier délai que je vous accorde.

Edda s'était reculée dans un angle de la pièce.

– Et que comptez-vous faire, si je refuse ? demanda-t-elle d'une voix tremblante.

– Vous le saurez quand le moment sera venu, répondit le Yankee... En attendant, puisque la douceur n'a pas réussi, je vais changer de système avec vous... D'abord, vous ne parlerez plus à ce misérable cuisinier qui ne peut que vous donner de mauvais conseils... De plus, ce panneau mobile va être condamné... Il suffirait d'une imprudence de votre part pour causer quelque accident... D'ailleurs, pour que vous puissiez réfléchir plus sérieusement à ce que je vous ai dit, la solitude vous conviendra mieux. Il est bon que vous n'ayez aucune vaine distraction.

Tony Fowler sortit, sans attendre la réponse de la jeune fille.

Le soir même, Coquardot reçut l'ordre de ne plus pénétrer dans la cabine d'Edda.

Tony Fowler était dans un état d'irritation extraordinaire. Il ne savait à quoi se résoudre si Edda persistait dans ses refus...

Dans sa colère, l'idée d'un crime commença à s'implanter en lui.

VI

Une maladresse de M. Lepique

Les recherches continuaient, toujours infructueusement, à bord de l'*Étoile-Polaire* et du *Jules Verne II*.

Le mécontentement causé par cette série d'insuccès se traduisait, chez tout le monde, par un énervement, par une mauvaise humeur qui amenaient parfois, dans les discussions, de l'aigreur et de la brusquerie.

– Je crois que nous faisons fausse route, dit un jour Ursen Stroëm... Nous restons là, en plein Atlantique, tandis que Tony Fowler gagne du terrain... Peut-être même est-il en train de débarquer, avec ma pauvre Edda, dans quelque île perdue des Antilles.

– Je ne crois pas, répliquait Goël.

– Vous êtes comme moi, vous n'en savez rien... Je crois que le plus simple serait d'aller croiser dans les parages des Antilles, ou le long des côtes de l'Amérique du Nord... Nous aurions plus de chance de pincer le pirate, au moment où il essaiera de prendre terre.

– Puisque nous sommes sur la bonne piste, je crois, moi, qu'il serait très imprudent de l'abandonner.

– Vous avez tort.

– Je vous affirme que non !

La discussion, quoique demeurant très courtoise, se prolongeait ainsi quelquefois pendant fort longtemps, tantôt sur un sujet, tantôt sur un autre.

De guerre lasse, Ursen Stroëm finissait par se laisser convaincre, et par convenir que Goël avait raison. On eût dit qu'une atmosphère de dissensions et de querelles régnait à bord du sous-marin. Il n'était pas jusqu'à M. Lepique et jusqu'à Mlle Séguy qui n'eussent perdu, l'une sa douceur, l'autre sa patience inlassable. Parfois, il leur arrivait de se disputer comme des écoliers, pour des riens, quitte à s'accabler ensuite d'excuses et de compliments.

Au fond, tous, fatigués par l'attente et l'anxiété, désespérés de la perte d'Edda, n'en voulaient qu'au seul Tony Fowler, n'étaient agacés que de la malchance qui s'acharnait à rendre leurs efforts inutiles. Et ils regrettaient, aussi vite qu'ils les avaient prononcées, les paroles que leur arrachaient la contrariété et le dépit.

Une fois, après une discussion plus vive que de coutume avec Ursen Stroëm et Mlle Séguy, Goël resta deux jours sans sortir de sa cabine. Son absence désorganisait les recherches. Ursen Stroëm ne savait plus où donner de la tête ; et le *Jules-Verne II* évoluait au hasard, fouillant au petit bonheur les massifs de sargasses.

Goël avait déclaré d'un tel ton qu'il entendait être seul, que personne n'osait aller le déranger.

M. Lepique s'y risqua pourtant. Son plus aimable sourire sur les lèvres, il vint frapper à la porte de la cabine de Goël.

– Que désires-tu ? demanda celui-ci, en entrouvrant à peine la porte, et du ton mécontent d'un homme qu'on dérange.

– Mais, rien, répondit M. Lepique, tout interloqué. Je passais... Je venais simplement faire un bout de causette avec toi... m'informer de ta santé...

La gravité de Goël ne put tenir devant la mine déconfite de l'honnête naturaliste. Il eut un joyeux éclat de rire.

– Mon vieil ami, fit-il, je me porte admirablement... Seulement, je n'ai pas le temps, aujourd'hui, de causer avec toi... J'ai besoin de réfléchir et de travailler beaucoup...

M. Lepique se le tint pour dit... Il serra affectueusement la main que Goël lui tendait et se retira. On commençait à s'inquiéter, lorsque, après deux jours de solitude, Goël reparut, l'air tout joyeux et comme transfiguré, dans le salon du sous-marin.

La première personne qu'il aperçut fut Ursen Stroëm. Les deux hommes se serrèrent la main avec la plus énergique cordialité.

– Mon cher Goël, dit Ursen Stroëm, vous avez bien fait de quitter votre retraite... J'allais aller voir moi-même ce que vous deveniez.

– Ces deux jours n'auront pas été du temps perdu !

– J'espère au moins que ce n'est pas à la suite de notre discussion de l'autre soir, que vous vous êtes renfermé, par dépit, dans votre cabine, comme un ermite dans sa cellule !

– Je n'ai pas, Dieu merci, le caractère aussi mal fait ! Et, d'ailleurs, la vivacité de nos discussions, vous en êtes convenu comme moi, ne provient que du désir que nous avons de délivrer notre chère Edda.

– Mais, alors, cette brusque disparition ?

– N'a eu d'autre cause que de mettre à exécution certaine idée qui m'était venue... Le résultat m'a donné toute satisfaction... J'espère que, grâce à un appareil très simple dont je vais vous expliquer le fonctionnement, nous allons pouvoir pincer sans coup férir cette infâme canaille de Tony Fowler !

À ce moment, Mlle Séguy entra dans le salon. Elle complimenta malicieusement Goël d'avoir enfin terminé ses deux jours de réclusion.

Elle fut bientôt suivie de M. Lepique, qui salua ses amis d'un bonjour retentissant, et gratifia Goël en particulier d'une poignée de main qui eût fait honneur aux pinces d'un crabe-tourteau.

– Puisque nous voilà tous réunis, dit Ursen Stroëm, Goël va nous mettre au courant de sa nouvelle découverte... Pourvu, ajouta-t-il avec une nuance d'inquiétude, que nous ayons à bord les matériaux nécessaires à sa construction immédiate !

– Rassurez-vous, reprit Gaël en souriant, je n'ai besoin que d'un appareil photographique, d'un fanal électrique, d'un accumulateur et de quelques grosses lentilles... Tout cela se trouve à bord... L'appareil sera monté et expérimenté aujourd'hui même... Mais pour que vous vous rendiez parfaitement compte de ce dont il s'agit, il est indispensable que je vous donne quelques explications préliminaires... Vous saurez qu'avant la révolution de 1789, il existait, à l'île de la Réunion, un vieux colon, qui possédait le singulier talent d'annoncer, plusieurs jours à l'avance, bien avant qu'ils ne fussent visibles au-dessus de l'horizon, l'arrivée des navires venant d'Europe. Les nègres le croyaient un peu sorcier, et ce n'était qu'un observateur attentif... Étant donné la courbure de la terre et la parfaite transparence de l'Océan sous les tropiques, il avait remarqué que les navires situés du côté de l'horizon invisible à l'observateur, produisaient, sur la limpidité de la mer, certaines taches sombres qui permettaient de signaler leur présence.

– Je ne comprends pas bien, fit Mlle Séguy.

– Ces navires étaient vus par transparence à travers une calotte d'eau hémisphérique... Et j'oublie de dire que, bien entendu, notre observateur avait une de ces vues excellentes qui permettent à certains marins, atteints d'un strabisme spécial, que développe l'habitude de contempler de vastes étendues, de distinguer, à huit ou dix lieues, le gréement et la nationalité d'un navire qui n'apparaît que comme un léger flocon d'écume au-dessus de la mer.

– Les faits que vous racontez là sont-ils d'observation scientifique ? demanda Ursen Stroëm.

– Certainement... Ils sont constatés par des rapports officiels... Mais la Révolution vint, puis l'Empire... L'ingénieux observateur et sa découverte tombèrent dans l'oubli le plus profond.

– Je commence à comprendre, fit M. Lepique en se levant, dans sa joie, si brusquement, qu'il se cogna la tête contre l'angle d'un meuble.

– En appliquant le principe que je viens de vous expliquer, continua Goël, je l'ai perfectionné, grâce au téléautographe ou appareil à photographier à de grandes distances, et grâce à l'appareil inventé par Regnard pour la photographie sous-marine.

– De sorte que... ? demanda M. Lepique, impatient d'arriver à la conclusion.

– Grâce à mon appareil, nous allons pouvoir étendre nos recherches dans un rayon de dix ou douze lieues... La moindre tache sur cliché sera examinée au microscope, et il est hors de doute que nous ne découvrions rapidement, sur une de nos photographies, la petite tache allongée que doit faire le sous-marin, le *Jules-Verne*, photographié à une grande distance.

Mlle Séguy et M. Lepique étaient dans le ravissement... Quand à Ursen Stroëm, il était tellement ému qu'il ne put que serrer la main de l'ingénieur.

On se mit à l'œuvre sans perdre un instant.

L'ajusteur et l'électricien du bord furent mandés, et aidèrent Goël au montage de son appareil, que M. Lepique baptisa pompeusement : le détective océanique.

Dès le lendemain, l'appareil put fonctionner. Goël aidé d'Ursen Stroëm et de Mlle Séguy, prenait lui-même les vues des fonds sous-marins, et M. Lepique, que ses études sur les insectes avaient rendu très expert dans le maniement du microscope, examinait ensuite chaque épreuve avec une minutieuse attention.

Toute la matinée, on obtint une série de clichés qui eussent fait la joie de M. Mime-Edwards ou de M. Edmond Perrier.

Les variétés les plus rares d'hydrophites, d'annélides, de crustacés et de poissons s'y trouvaient reproduites avec une netteté parfaite. C'étaient des pennatules, des virgulaires, des gorgones, toute une collection de crabes aux formes tourmentées et de poissons curieusement armés d'épines et de dentelures, comme les guivres et les tarasques des légendes.

M. Lepique, que l'étude des plantes et des animaux marins commençaient à passionner au détriment de celle des insectes, poussait de temps à autres de véritables cris d'enthousiasme. Tout le monde accourait. Les exclamations se croisaient :

– Vous avez trouvé ?

– Oui !... Merveilleux !

– Mais parlez donc !

– Est-ce donc le *Jules-Verne* ?

– Hein !... Quoi !... *Le Jules-Verne* ?... Oui... C'est-à-dire non !... Parlez-moi de ces physalies, de ces anatifes, de ces coronales !

– Vous êtes insupportable de nous déranger pour ces vilaines bêtes ! répliquait invariablement Mlle Séguy... Cherchez donc le *Jules-Verne*.

– Oui, mademoiselle, répondait le malheureux naturaliste.

Et cinq minutes plus tard, il recommençait ses exclamations.

Mlle Séguy dut laisser Ursen Stroëm et Goël prendre seuls les clichés. Elle s'imposa à M. Lepique, qui, peu à peu, mit fin à ses exclamations intempestives, dans la crainte de voir la jeune fille se mettre en colère.

Doucement, Mlle Séguy avait morigéné M. Lepique.

– Voyons, lui avait-elle dit, faudra-t-il toujours vous gronder comme un enfant !... Au moment où nous sommes peut-être sur le point de dénicher le ravisseur d'Edda, vous nous faites perdre un temps précieux à nous faire contempler d'affreux poissons...

– Ah ! mademoiselle, répondit M. Lepique... L'amour de la science...

– C'est bon, interrompit la jeune fille... Retrouvons Edda d'abord, ou gare à vous... Je vous mettrai au pain sec, ajouta-t-elle en le menaçant gentiment du doigt.

– Je me repens, mademoiselle, je me repens !... Au diable ces maudits clichés ! fit-il en esquissant le geste de les jeter à terre... Je vous promets, mademoiselle, d'être tranquille à l'avenir...

Et, prenant la main de la jeune fille, il la baisa respectueusement, en esquissant une révérence qui fit sourire Mlle Séguy.

On photographia avec acharnement pendant toute la matinée. Au grand regret de M. Lepique, les plaques qui avaient servi étaient nettoyées et préparées à nouveau. Mais on eut beau multiplier le nombre des épreuves, la tache oblongue qui devait signaler la présence du *Jules-Verne* n'apparut pas sur les clichés.

On déjeuna rapidement pour se remettre aussitôt à l'œuvre avec une ardeur fébrile.

Quand l'après-midi se fut passée sans amener de résultat, le découragement commença à se faire sentir. La photographie révélait des animaux curieux, des paysages d'algues et de rocs d'un charme sauvage et grandiose, jusqu'à des épaves de navires et une troupe de requins ; mais du *Jules-Verne*, nulle trace.

La nuit allait venir. C'était encore une journée de perdue.

– Tony Fowler doit être maintenant hors de portée de nos appareils, dit mélancoliquement Mlle Séguy.

– Demain, nous serons plus heureux, répliqua Ursen Stroëm. Du moins, il faut l'espérer.

– Assurément, dit Goël, soucieux et distrait... Les épreuves deviennent de plus en plus troubles. J'en tire encore une, et ce sera tout pour aujourd'hui.

Un quart d'heure après – la photographie sous-marine demande de longues poses – Goël remettait à M. Lepique un cliché développé. Il apparut si confus et si brouillé que l'on n'y distinguait presque rien.

– Ce n'est guère la peine d'examiner celui-ci, dit Ursen Stroëm.

– Voyons toujours, fit M. Lepique... On ne sait jamais !

Mais à peine avait-il approché ses yeux de l'oculaire du microscope, qu'il se releva en brandissant triomphalement la plaque.

– Cette fois, s'exclama-t-il, nous le tenons !...

M. Lepique était si ému que ses mains tremblaient. Il était égaré, hors de lui.

– Je viens de voir le *Jules-Verne*, répétait-il... Le *Jules-Verne*, entendez-vous !... Et de le voir distinctement !

Malheureusement, dans ses mouvements désordonnés, il buta contre le pied de la table...

Le cliché roula par terre et se cassa en plus de vingt morceaux.

VI

Coquardot gagne la première partie

Coquardot fut désolé de se voir séparé de sa maîtresse. Bien qu'on l'eût laissé libre lui-même, il prévoyait, du fait de la claustration d'Edda, toute une série de catastrophes.

En excellents termes avec tous les hommes de l'équipage, il essaya d'obtenir d'eux quelques renseignements. Mais aucun d'eux n'avait rien vu, rien entendu. L'artiste culinaire se retira, ce soir-là, de bonne heure dans sa cabine. Loin de s'endormir, il passa une bonne partie de la nuit à se promener de long en large, en réfléchissant à la conduite qu'il devait tenir.

Brusquement, une idée lui vint.

Il se déchaussa, ouvrit, en faisant le moins de bruit possible, la porte de sa cabine, et prêta l'oreille.

Un profond silence régnait à bord du sous-marin.

Coquardot s'approcha successivement de la cabine de Tony Fowler, puis de celle de Robert Knipp. Il passa près du poste de l'équipage.

Le bruit des respirations égales et des ronflements lui apprit que tout le monde était endormi. L'homme de vigie lui-même, dans sa cage vitrée dont les fanaux électriques étaient éteints, somnolait paisiblement sur son fauteuil de métal.

Depuis quelque temps, il en était presque tous les jours ainsi. Depuis que Tony Fowler, par prudence, n'allumait plus les fanaux et ne voyageait plus la nuit, le sous-marin allait chaque soir se mettre pour ainsi dire à l'ancre, à l'abri de quelque épais massif d'algues, à une faible profondeur, et les hommes de l'équipage en profitaient pour se reposer. Pour le principe, Tony Fowler laissait bien un homme de vigie. Mais celui-ci, sûr de n'être pas dérangé et sachant que le navire, dans ces calmes profondeurs, où ne se trouvaient ni courants, ni récifs, ne courait aucun péril, ne se gênait pas pour dormir.

Coquardot résolut de tirer parti de cet état de choses. Il s'approcha de la cabine d'Edda, marchant à pas de loup et retenant son souffle. Une fois arrivé devant la porte, il se mit à gratter doucement.

Edda ne dormait pas. Ses inquiétudes la tenaient éveillée. Elle entendit parfaitement le signal de Coquardot.

– Qui est là ? demanda-t-elle à voix basse... Est-ce vous, Coquardot ?

– Oui, mademoiselle... Tout le monde est endormi à bord. J'en ai profité pour venir savoir pourquoi l'on vous tient prisonnière.

– Ce serait trop long à vous expliquer... Au milieu de ce silence, entre ces parois de métal, les moindres bruits font écho... Je vais donc vous écrire un billet pour vous mettre au courant des événements... Revenez dans un quart d'heure ; je glisserai le papier sous ma porte.

Coquardot suivit le prudent conseil d'Edda. Il rentra dans sa chambre, revint, trouva le billet à sa place et put lire le récit que la jeune fille lui faisait des menaces de Tony Fowler.

L'honnête Coquardot eut un moment la pensée de pénétrer dans la cabine du Yankee et de l'assommer.

« Malheureusement, c'est impossible, pensa-t-il. Sa cabine est fermée à clef... Il mettrait en branle toutes les sonneries électriques du bord, et je serais égorgé moi-même, sans avoir fait œuvre utile pour le salut de Mlle Stroëm. »

L'honnête Coquardot ne savait à quoi se résoudre. Cependant, il comprit qu'il importait de rassurer Edda.

Après avoir réfléchi quelques instants, il rédigea un billet ainsi conçu :

« Mademoiselle,

« Je vais tenter sans doute quelque chose de décisif pour vous sauver... Soyez donc sans crainte et n'ayez nulle inquiétude à mon sujet dans le cas où je ne parviendrais pas à vous donner de mes nouvelles. »

La rédaction de cette missive était un peu énigmatique ; mais Coquardot n'avait pu faire mieux, ni écrire plus clairement, car il ignorait de quelle façon efficace il interviendrait en faveur de Mlle Stroëm.

« Cela la rassurera toujours un peu, la pauvre demoiselle », se dit-il avec attendrissement.

Et il glissa sa missive sous la porte de la cabine, non sans avoir prévenu Edda par un petit grattement discret.

Très satisfait de lui-même, Coquardot rentra chez lui avec la ferme intention de dormir à poings fermés.

« Ma foi, songeait-il, je ne sais pas ce qui peut arriver demain ; j'aurai peut-être besoin de toute ma force, de toute mon énergie... Dormons tranquillement... D'ailleurs, la nuit porte conseil ! »

Coquardot se réveilla, le lendemain matin, dispos et alerte. Par un privilège de son insouciante nature, quoique l'avenir lui apparût très sombre, jamais il ne s'était senti aussi enclin à la gaieté. Il plaisanta avec les hommes de l'équipage, s'occupa de sa cuisine, en trouvant pour tous une bonne parole ou une plaisanterie.

Tout en furetant, il aperçut, entrouverte, la porte du salon. Tony Fowler n'était pas encore levé. Coquardot en profita pour y pénétrer et pour jeter dans tous les coins un coup d'œil investigateur.

La première chose qu'il aperçut sur un guéridon d'angle, ce fut une carte marine négligemment étalée. C'était la carte où Tony Fowler pointait soigneusement, jour par jour, la route parcourue par le *Jules-Verne*.

Une grosse ligne bleue, qui partait de l'île de Monte-Cristo, et venait, après de sinueux méandres, finir dans l'Atlantique, ne laissa à Coquardot aucun doute à cet égard.

– Sapristi ! s'écria-t-il... Mais nous longeons en ce moment les côtes de l'archipel des Bermudes !... C'est une terre habitée, cela !... Si nous parvenions à gagner la côte, Mlle Edda et moi, nous trouverions là les autorités anglaises pour nous protéger !...

Enchanté de la découverte qu'il venait de faire, Coquardot se hâta de sortir du grand salon. Une foule de pensées tumultueuses s'agitait dans son cerveau. La proximité d'une terre habitée était une occasion qu'il ne fallait pas laisser échapper.

À la fin, Coquardot, qui s'était renfermé dans sa cabine pour mieux réfléchir, crut avoir trouvé.

– C'est cela, murmura-t-il... Mlle Edda et moi, nous serons sauvés, et Tony Fowler sera pendu... Ce pour quoi il a été spécialement créé par la Providence, comme la mayonnaise pour assaisonner le homard ou le poulet froid.

Dans la journée, Coquardot visita sa cachette. Cette cachette, pratiquée au fond du placard aux boîtes à conserves, renfermait deux litres de rhum.

Coquardot les avait serrés là, non pour son usage, car en véritable gourmet il abominait l'alcool sous toutes ses formes, et ne buvait que de certains grands crus ; mais, connaissant les habitudes d'ivrognerie invétérée de la plupart des hommes de l'équipage du *Jules-Verne*, il avait pensé que ces deux litres de rhum pourraient lui être un jour d'une grande utilité.

Coquardot prit un de ces litres, le déboucha, remit l'autre en place, puis alla ouvrir l'autre placard, qui renfermait la pharmacie du bord. Cette pharmacie était à peu près vide, ce qui fait que personne ne s'en était inquiété. Elle ne renfermait que plusieurs gros paquets, non encore déballés, et une douzaine de flacons de médicaments usuels arnica, teinture d'iode, etc.

Négligeant les flacons, Coquardot alla tout droit aux paquets. Il en prit un, qui était rempli d'une poudre blanche, et qui portait l'étiquette : « Chlorhydrate de morphine ». Il versa quelques pincées de la poudre blanche dans le litre de rhum qu'il avait débouché. Puis, il profita de l'heure du déjeuner pour glisser la bouteille dans la cabine du timonier.

Il l'avait à dessein salie et entamée, de façon qu'on pût croire qu'elle se trouvait là depuis longtemps. Il l'avait placée sous un tas de vieilles toiles dont le timonier se servait pour faire reluire les cuivres et les nickelures.

Or, Coquardot savait que ce nettoyage des roues de mise en train et de la barre n'était effectué que le soir par l'homme de vigie, aussitôt après le repas de l'équipage. Et ce soir-là, c'était Robert Knipp qui était de service... Coquardot connaissait de longue date l'hypocrite ivrognerie du personnage.

Les choses se passèrent juste de la façon que Coquardot avait prévue... Robert Knipp, une fois l'équipage couché, s'installa à son poste, et commença, assez négligemment, à faire reluire ses cuivres.

Tout à coup, il aperçut la bouteille tentatrice. Il s'en saisit, lut l'étiquette, déboucha le flacon et flaira la liqueur.

– Ma parole, c'est du rhum ! C'est d'excellent tafia ! Quelque ivrogne en a dû faire provision en cachette... Il faudra que je me livre à une enquête discrète, pour savoir si cette fiole n'a pas quelque compagne !... En attendant, profitons de l'aubaine !...

Et Robert Knipp, se renversant en arrière, commença, sans plus de cérémonie, à boire au goulot de la bouteille...

Coquardot, qui était venu de ce côté jeter un coup d'œil discret, l'observait avec un rire intérieur. Il s'applaudissait en lui-même à chaque gorgée nouvelle qu'absorbait Robert Knipp.

« Bois, mon bonhomme, se disait-il... Mais bois donc !... Tu vas en avoir au moins pour quarante-huit heures à dormir. »

Robert Knipp absorba à peu près la moitié de la bouteille. Mais, alors, ses yeux se fermèrent. Il s'écroula sur son fauteuil métallique, et la bouteille roula par terre.

Il dormait maintenant d'un sommeil de plomb.

Coquardot eut la patience d'attendre que le silence le plus profond régnât à bord du *Jules-Verne* et que tout le monde fût endormi. Puis, il pénétra dans la cage du timonier, et, repoussant dans un coin le corps inerte de l'ivrogne, il appuya sur le bouton électrique qui commandait l'éclairage du fanal d'arrière.

Automatiquement, deux fulgores se détachèrent, illuminant les profondeurs. Coquardot distingua un fond de sable fin, où des chaînes de récifs annonçaient la proximité de la terre. Il aperçut même, dans le lointain, une ancre et un câble qui devaient appartenir à quelque navire.

Il interrogea les instruments, dont il avait, peu à peu, appris l'usage, en observant et en questionnant les marins.

– Quinze mètres de fond ! s'écria-t-il... Les premiers îlots des Bermudes sont tout proches... C'est le moment ou jamais d'agir !...

Coquardot avait saisi la roue de mise en train. L'hélice se mit à tourner, et le *Jules-Verne* évolua lentement, dans la direction de la terre.

Cinq minutes s'écoulèrent, qui parurent au timonier improvisé longues comme un siècle... Si quelqu'un allait survenir et l'empêcher de terminer sa tâche !...

Il écouta avec anxiété... Mais le tic-tac régulier et berceur de l'hélice n'avait pas eu le pouvoir de faire sortir Tony Fowler et son équipage de leur lourd sommeil. Le sous-marin filait toujours dans la direction de la terre.

Maintenant, le fanal d'arrière faisait scintiller les paillettes micacées d'un fond de gros gravier. Au second plan, des forêts de goémon et de varech laissaient onduler dans la vague leurs lianes frissonnantes.

« Nous sommes assez loin ! » songea Coquardot.

Et, faisant évoluer la roue de mise en train en sens inverse, il embraya l'hélice, puis il éteignit le fanal électrique de l'arrière.

Enfin, saisissant, à côté du corps inerte de Robert Knipp, une lourde masse de forgeron, il l'enveloppa d'un épais chiffon de laine, afin de faire le moins de bruit possible. Puis se reculant, et prenant son élan pour mieux frapper, il se rua contre le moteur électrique, dont les organes délicats étaient uniques et irremplaçables... Il commença à taper dessus de toutes ses forces.

Les grands coups sourds du marteau, bien que légèrement amortis par le tampon de laine, faisaient vibrer la sonore carcasse du sous-marin. Les plaques de tôle d'acier gémissaient lugubrement. On eût dit que le merveilleux navire se plaignait, avec sa voix et son âme à lui, de la mutilation dont il était l'objet.

De temps en temps, Coquardot s'arrêtait dans son œuvre de destruction. Le cœur battant, le front mouillé d'une sueur froide, il écoutait, éperdu, jusqu'à ce que les dernières vibrations se fussent éteintes.

– Je fais un bruit épouvantable, murmura-t-il, tout tremblant... Je ne m'explique pas qu'ils ne se soient pas déjà réveillés.

Dominant son émotion, Coquardot reprenait ensuite courageusement sa tâche et se mettait à taper comme un sourd, faussant les leviers et les délicates barres d'acier, pulvérisant les rouages, détraquant les accumulateurs.

Brusquement, Coquardot s'arrêta, pâle de frayeur... Son bras, levé pour frapper, retomba.

Tony Fowler venait d'apparaître à la porte de la cage vitrée, accompagné de la majeure partie des hommes de son équipage.

Tous avaient le revolver au poing.

Coquardot ne laissa pas à Tony Fowler le temps de tirer... Balançant son lourd marteau, il se jeta sur l'ingénieur, décidé à lui broyer le crâne, certain que la mort de leur chef terroriserait les hommes de l'équipage.

Dix coups de feu retentirent à la fois...

Coquardot sentit les balles siffler à ses oreilles et aller s'aplatir sur les parois de métal.

Mais Tony Fowler avait eu le temps d'éviter le marteau lancé contre lui.

Saisi par vingt bras à la fois, l'héroïque Marseillais se trouvait réduit à l'impuissance... Déjà, il sentait sur son front le canon du revolver, sur sa poitrine la pointe des bowie-knifes des Yankees.

– Ne le tuez pas !... commanda Tony Fowler d'une voix vibrante... Je défends qu'on lui fasse du mal... Contentez-vous de le garrotter solidement et de l'enfermer dans sa cabine.

Vaincu, meurtri, couvert du sang qui s'échappait d'une blessure qu'il avait reçue à l'épaule, Coquardot, chargé de liens qui lui entraient dans les chairs et le faisaient cruellement souffrir, fut brutalement jeté sur sa couchette.

Malgré tout, le brave garçon était satisfait.

« Ils vont peut-être m'assassiner, songeait-il... Mais ils auront beau faire, les voilà tout de même immobilisés, à quelques encablures de la côte anglaise des Bermudes... Qu'ils se tirent de là comme ils pourront ! »

VIII

Coquardot gagne la belle

Edda Stroëm, de la cabine qui lui servait de prison, avait entendu d'abord le bruit des coups de marteau dont frémissait toute la coque du *Jules-Verne*, puis le crépitement des coups de feu. Elle était dans des transes mortelles ; et, sans savoir ce qui s'était passé, elle soupçonnait une partie de la vérité.

« Mon Dieu ! se disait-elle, ces misérables ont dû tuer mon pauvre Coquardot, si brave, si loyal, si dévoué !... Il a dû tenter, pour me délivrer, quelque audacieux coup de main, quelque entreprise héroïque et folle, et ils l'ont assassiné ! »

Edda se tordait les mains avec désespoir et pleurait à chaudes larmes. L'incertitude ajoutait à ses tourments. Elle eût voulu à tout prix connaître la vérité exacte.

Elle passa le restant de la nuit dans une angoisse inexprimable.

Cependant, Tony Fowler, après avoir fait emporter le corps de Robert Knipp, toujours sous l'influence doublement stupéfiante de l'alcool et de la morphine, s'occupait gravement à vérifier les dégâts faits à la machinerie du navire par le marteau de Coquardot.

Contrairement à l'opinion de celui qui les avait causées, ces avaries n'étaient point irrémédiables. Les accumulateurs brisés pouvaient se remplacer, et il y avait en réserve, dans les magasins du mécanicien, assez de barres d'écrous, de vis et de rouages de rechange pour suppléer aux organes détruits ou faussés.

– Il y a pour trois ou quatre jours de travail, pas davantage, dit un des hommes de l'équipage, très compétent dans la matière en sa qualité d'ex-mécanicien ajusteur aux chantiers de la Girolata.

– C'est bon, répondit Tony Fowler... Que tout le monde aille se reposer ; et dès demain matin, nous commencerons les réparations... Nous sommes arrivés à temps... Le mal n'est pas si grand que je croyais.

Bien loin de montrer de la mauvaise humeur, le Yankee était enchanté. Il se félicitait en lui-même de l'heureuse inspiration qu'il avait eue soudainement en ordonnant à ses hommes d'équipage d'épargner la vie de Coquardot.

« Ce cuisinier a véritablement eu une excellente idée, songeait-il... Il a trouvé le moyen de me tirer de l'embarras où je me trouvais... Il ne pensait certainement pas si bien faire... Maintenant, je sais quelle est la conduite à tenir à l'égard de ma belle captive. Je crois que, maintenant, j'obtiendrai beaucoup plus facilement son consentement. »

Tony Fowler alla se coucher, très satisfait d'un événement dont, en temps ordinaire, il se fût montré fort mécontent.

Le lendemain, il était éveillé de bonne heure. Ce matin-là, il apporta à sa toilette une attention aussi méticuleuse que s'il se fût préparé à quelque réception dans un des salons des Cinq-Cents. Malheureusement, il n'avait pas à sa disposition la somptueuse garde-robe et les valets de chambre bien stylés de son hôtel de New York.

Enfin, rasé de frais, paré d'une chemise rose à raies vertes et d'un complet de chez Dungby, le grand tailleur de Chicago, Tony Fowler alla frapper à la porte de miss Edda.

– Entrez, dit la jeune fille avec une voix faible.

La clef grinça dans la serrure, les verrous furent poussés, et Tony Fowler se trouva en présence de sa prisonnière. L'insomnie et les angoisses d'Edda se devinaient à sa pâleur, à ses traits tirés, à l'éclat fiévreux dont brillaient ses beaux yeux verts.

– Je croyais, dit-elle d'une voix grave, que vous vous seriez abstenu de venir me tourmenter jusqu'à l'expiration du délai que vous avez fixé vous-même !

– Je ne viens pas vous tourmenter... J'ai seulement pensé que vous seriez heureuse d'être mise au courant des événements qui se sont passés cette nuit.

– Quels événements ? demanda Edda d'une voix tremblante.

– Cela vous intéresse, à ce qu'il paraît... Je vois que j'ai bien fait de venir, reprit Tony Fowler avec un diabolique sourire.

Edda ne releva point l'impertinence du ton sarcastique dont étaient prononcées ces paroles.

– Et Coquardot ? s'écria-t-elle, incapable de réprimer plus longtemps son impatience.

– C'est justement de votre fidèle serviteur qu'il s'agit, miss Edda... Il vient de me récompenser des égards que j'ai toujours eus pour lui par l'ingratitude la plus noire... Cette nuit, il a trouvé le moyen d'enivrer le timonier du *Jules-Verne* et il a lâchement profité du sommeil de l'équipage pour détériorer nos appareils moteurs à coups de marteau... Heureusement, je suis arrivé à temps.

– Et vous l'avez assassiné ? s'écria Edda avec horreur... N'essayez pas de le nier ; j'ai entendu le bruit des coups de feu...

– Rassurez-vous, miss Edda, votre serviteur n'a pas même été blessé grièvement... Seulement, je ne vous cache pas que sa mort est résolue ; je ne veux pas conserver à mon bord un ennemi aussi dangereux... C'est aujourd'hui son dernier jour. Je lui ai fait passer une bible pour qu'il se livre, si tel est son bon plaisir, à quelque méditation chrétienne... Et ce soir, au coucher du soleil, lorsque le *Jules-Verne* remontera à la surface pour renouveler sa provision d'air, deux hommes, que j'ai déjà désignés, porteront le coupable sur la plate-forme, lui brûleront la cervelle et le jetteront à la mer, sans autre forme de procès.

– Mais c'est horrible, cela, monsieur, c'est un assassinat !

– Il y aurait pourtant, miss Edda, continua Tony Fowler avec un sourire sinistre, un moyen d'obtenir la grâce du condamné, auquel vous paraissez porter tant d'intérêt.

– Oh ! dites, je vous en supplie... Si la chose est en mon pouvoir, je sauverai le fidèle serviteur qui a risqué sa vie pour moi.

Edda, tordant ses mains avec désespoir, tournait vers son bourreau ses grands yeux suppliants.

– Je ne vais pas vous faire languir plus longtemps, fit le Yankee avec un petit rire sec... Accordez-moi votre main de bonne grâce et je pardonnerai à Coquardot.

Edda était retombée sur son siège avec accablement.

– Mais c'est une infamie, monsieur, ce que vous me proposez là !... Vous êtes un misérable !... Non, tenez, j'aimerais mieux épouser, plutôt que de vous épouser, vous, un bandit, pris au hasard dans la geôle de Newgate, ou le dernier et le plus abominable forçat du bagne de la Guyane !

– Comme il vous plaira, miss... Alors, Coquardot sera exécuté ce soir même... Vous l'aurez bien mal récompensé du dévouement qu'il vous a montré !

Edda était incapable de prononcer une parole. Les sanglots la suffoquaient. Ses yeux, agrandis par l'horreur, prenaient une fixité tragique. Brusquement, elle s'abattit comme une masse, en proie à une violente attaque de nerfs, le corps secoué de soubresauts convulsifs.

– J'ai peut-être été un peu fort ! s'écria cyniquement Tony Fowler... Ces jeunes filles élevées à l'européenne sont de véritables sensitives.

Tout en monologuant ainsi, il avait appelé à l'aide. Deux hommes de l'équipage arrivèrent. Edda fut étendue sur sa couchette ; on lui fit respirer de l'éther, et bientôt elle ne tarda pas à tomber dans une sorte d'engourdissement qui était, au bienfaisant sommeil ordinaire, ce que le cauchemar est au rêve.

Quand, plusieurs heures après, elle se réveilla, Tony Fowler était assis à côté d'elle. Elle le regarda avec l'égarement d'une terreur poussée jusqu'aux limites de la folie.

– Excusez-moi, miss Edda, dit hypocritement le Yankee. Je ne vous savais pas si impressionnable... Je ne croyais pas que l'énoncé d'une proposition, en somme fort raisonnable, pût avoir d'aussi désastreux effets.

La jeune fille se souleva avec effort, montrant du doigt la porte de la chambre de la cabine du Yankee.

– Retirez-vous, ordonna-t-elle d'une voix faible... J'ai besoin d'être seule... Ne revenez pas avant que je vous appelle.

Tony Fowler s'en alla... Au fond, il s'attendait à être rappelé par la jeune fille d'un instant à l'autre.

« Elle va céder, se disait-il en arpentant le couloir intérieur d'un pas nerveux et saccadé... Elle va céder !... répétait-il. Edda a l'âme trop bien placée et trop noble pour ne pas se sacrifier au salut d'une existence humaine ! »

Cependant, les heures passaient, et Edda demeurait muette. Tony Fowler, toutes les cinq minutes, s'arrêtait devant la porte de la cabine et regardait par le trou de la serrure. Il voyait Edda, pâle comme une morte, assise immobile dans un fauteuil, et pareille à quelque statue du désespoir et de la fatalité.

– Si elle allait refuser ! s'écriait-il avec rage.

Cependant, un peu avant le coucher du soleil, la sonnerie électrique retentit.

Tony Fowler se précipita... Edda était toujours dans la même attitude d'accablement.

Elle leva sur son persécuteur un regard si mélancolique, si lourd de reproches, que le cynique Yankee baissa les yeux et ne put s'empêcher de frissonner. Toute son effronterie disparaissait devant ce calme majestueux et triste.

– Monsieur, articula-t-elle d'une voix lente et comme spectrale, je consens à devenir votre femme... Mais relâchez immédiatement votre prisonnier et dites-lui qu'il vienne me trouver.

Malgré sa férocité aiguë de manieur d'argent et d'homme pratique, de bandit légal, scientifique et sans scrupule, Tony Fowler était profondément troublé. Le regard halluciné d'Edda Stroëm pesait lourdement sur lui. Il se hâta de sortir en balbutiant, et revint, suivi de Coquardot, dont les poignets portaient encore les rouges empreintes des cordes.

Le Marseillais était très ému. Il n'avait pas eu de peine à comprendre qu'Edda Stroëm venait de se sacrifier pour le sauver. Son premier mouvement fut de se jeter aux pieds d'Edda et de baiser respectueusement la main qu'elle lui tendait.

Tony Fowler était à la fois gêné et furieux. Il se sentait petit et misérable à côté de tant de simplicité et de grandeur d'âme. Il eût voulu se montrer aimable, il eût voulu engager une conversation avec celle qui allait devenir sa femme, mais les idées s'enchaînaient mal dans son cerveau.

– Miss Edda, dit-il enfin, je n'ai plus aucune raison de tenir fermé le panneau mobile, puisque, de ma captive, vous êtes devenue ma fiancée ; puisque, dans quelques jours, je vais pouvoir vous présenter à mon père...

Ce fut tout ce qu'il trouva à dire.

Cependant, d'un mouvement machinal, presque inconscient, Edda s'était rapprochée du panneau mobile, et l'avait fait glisser dans sa rainure...

Tony Fowler, Edda et Coquardot n'eurent qu'un même cri de stupeur... Un flot de lumière électrique, éblouissant jusqu'à aveugler, pénétrait à travers la vitre de cristal. Des fulgores et des fanaux de toute espèce rutilaient au milieu des algues centenaires d'un taillis de sargasses et montraient le *Jules-Verne II* se balançant entre deux eaux, à quelques encablures, comme un requin qui va prendre son élan pour engloutir sa proie.

Soudainement, le *Jules-Verne* se trouva cerné par un groupe de scaphandriers, dont les cuirasses de bronze neuf étincelaient comme de l'or, et dont les silhouettes fantastiques apparurent plus terribles encore, aux regards de Tony Fowler, consterné, à cause des fusils et des sabres-coutelas qu'ils brandissaient.

Au-dessus de ces soldats sous-marins, qui s'avançaient avec un ordre et en ensemble admirable, des torpilles se balançaient de distance en distance. Une nuée de fulgores filaient doucement entre les eaux et portaient une aveuglante lumière jusqu'aux derniers plans du paysage sous-marin, où s'estompaient des rochers bruns et rouges. Sous les reflets de la lumière électrique, on eût dit des montagnes de sang.

– Je suis perdu ! bégaya Tony Fowler.

– Ah ! s'écria Edda, transfigurée par le bonheur et la surprise, je savais bien que mon père et Goël ne m'abandonneraient pas !

Quant à Coquardot, la première surprise passée, il avait aussitôt compris, avec la rapidité de conception et d'exécution propre aux tempéraments méridionaux, qu'il ne fallait pas laisser à Tony Fowler le temps de reprendre son sang-froid.

Il se précipita sur le Yankee et, lui décochant un superbe coup de pied bas, il l'étendit sur le plancher. Sans lui laisser le loisir de se relever, il lui mit un genou sur la poitrine, et l'étreignit à la gorge.

Le Yankee râlait... Ses prunelles, injectées de sang, lui sortaient des orbites.

– Ne tuez pas ce misérable, fit Edda avec dégoût.

– Hé ! C'est cela, repartit Coquardot... Toujours trop bonne, mademoiselle... Vous voulez donc qu'il nous extermine tous !

Et Coquardot continuait de serrer de toutes ses forces... Tony commençait à tirer la langue.

– Faites-lui grâce ! dit Edda impérieusement.

– Soit... mais, alors, je vais l'attacher solidement.

Et Coquardot, utilisant tout ce qui lui tombait sous la main, serviettes, embrasses de rideaux et mouchoirs de poche, garrotta et bâillonna le Yankee, aussi lestement que l'eût pu faire un détective professionnel.

IX

La dernière bataille

Lorsque M. Lepique eut brisé le cliché sur lequel il venait de distinguer au microscope la silhouette du *Jules-Verne*, il fut accablé d'un concert de malédictions. Les reproches, pour être formulés en termes mesurés, n'en allaient pas moins au cœur de l'infortuné naturaliste.

– Quel malheur ! s'écria Ursen Stroëm.

– Mon pauvre Lepique, tu es d'une maladresse, grommela Goël.

– Vraiment, monsieur, dit Mlle Séguy avec sévérité, l'on ne devrait rien vous confier... Vous êtes pire qu'un enfant !

M. Lepique avait les larmes aux yeux. Il s'excusait, en phrases entrecoupées et bafouillantes, tel un écolier pris en faute :

– Vraiment, je ne savais pas... Comment ai-je pu faire... Je vous fais toutes mes excuses... Je ne recommencerai plus...

– Allons, c'est bon, dit Mlle Séguy, qui, d'impatience, leva les épaules, en voyant la mine consternée du naturaliste... Au moins, écartez-vous un peu, monsieur Lepique, et n'achevez pas de réduire en miettes ce malheureux cliché en piétinant dessus...

La jeune fille s'était baissée. Avec mille précautions, elle ramassait, un à un, les fragments de verre et les juxtaposait les uns à côté des autres, sur une feuille de papier blanc.

– Eh bien ! s'écria-t-elle joyeusement, le mal est presque réparé !... Toute la partie supérieure du cliché est reconstituée. Le sous-marin doit être visible sur l'un des fragments.

Gaël porta avec précaution les morceaux de verre, l'un après l'autre, sous le microscope. Les témoins de cette scène attendaient avec anxiété le résultat de ces recherches. Cinq minutes s'écoulèrent, pleines d'angoisse. Enfin, Goël se releva, la mine radieuse.

– Le sous-marin est parfaitement visible, dit-il ; et ce qui me surprend le plus, c'est qu'il paraît échoué sur un bas-fond. S'il en est ainsi, toutes les chances sont en notre faveur... Nous n'aurons pas de peine à le rejoindre.

– Il a dû éprouver quelque avarie, remarqua Ursen Stroëm.

– Probablement.

– Que décidons-nous ? demanda M. Lepique, en se rapprochant avec timidité.

– Mon vieux Lepique, dit Goël, en donnant à son ami une vigoureuse poignée de main, n'aie pas l'air de te cacher ainsi. Tu es tout pardonné. Ce n'est pas de ta faute, après tout, si tu es si maladroit... C'est une mauvaise fée qui t'a gratifié de ce défaut à ta naissance.

– Ce que nous allons faire, mon cher monsieur Lepique, interrompit Ursen Stroëm, rien n'est plus simple. Nous allons relever exactement, à l'aide du compas, la direction à suivre, et nous allons nous mettre en route immédiatement pour rejoindre le pirate... Nous voyagerons toute la nuit à une vitesse modérée... J'espère que, demain, nous serons à une très faible distance du *Jules-Verne*.

La délicate opération de la détermination de la route à suivre fut menée à bien, grâce aux excellentes cartes du bord, grâce aussi aux profondes connaissances mathématiques du jeune ingénieur.

Le *Jules-Verne II* marcha toute la nuit ; Goël et Ursen Stroëm se relayèrent pour tenir la barre, de façon à ce qu'aucune erreur de direction ne fût commise.

Dès qu'il fit jour, on prit de nouvelles vues photographiques... Cette fois, le sous-marin apparut très visiblement, et Goël constata, avec une joie inexprimable, qu'il n'avait pas bougé depuis la veille, qu'il paraissait véritablement échoué.

Les photographies, prises de demi-heure en demi-heure, dans la matinée, étaient de plus en plus précises. Goël put affirmer, sans crainte d'erreur, que l'on aurait rejoint Tony Fowler avant le coucher du soleil. C'était ce même soir que le Yankee avait fixé pour l'exécution de Coquardot, si Edda Stroëm ne consentait pas à lui céder.

Pendant tout l'après-midi, le *Jules-Verne II* dissimula sa marche, louvoyant dans les grandes profondeurs, se faufilant à l'abri des massifs de fucus, afin d'arriver en vue de l'ennemi sans avoir été aperçu. C'est alors qu'il fallut discuter sérieusement sur les meilleurs moyens à employer pour surprendre le pirate.

M. de Noirtier, le capitaine de l'*Étoile-Polaire*, avait reçu l'ordre de se transporter sur le lieu du combat, sitôt que la nuit serait venue, afin de couper la retraite au pirate s'il essayait de remonter à la surface. Car, d'un accord unanime, il avait été résolu de ne tenter la délivrance d'Edda qu'à la faveur des ténèbres.

Une question terrible se posait. Comment attaquer, comment vaincre Tony Fowler, sans mettre en péril Edda et Coquardot ?... Vingt projets furent débattus et rejetés. On convint enfin que le meilleur parti à prendre était de cerner le *Jules-Verne* ; puis, en éclairant brusquement le théâtre du combat, de l'attaquer par surprise et de forcer l'équipage à se rendre.

– Je n'ai rien de mieux à vous proposer, conclut Goël.

Ursen Stroëm demeurait silencieux, en proie à une indicible angoisse. Il tremblait que, se voyant pris, Tony Fowler et son équipage n'exerçassent à l'instant même quelques terribles représailles.

– Ne craignez-vous pas, demanda-t-il, que Tony Fowler et les coquins qui sont à sa solde ne se livrent à quelque violence ?... Qu'ils ne fassent, par exemple, sauter le sous-marin ?...

– Non, répliqua Goël avec fermeté, j'ai envisagé comme vous cette horrible éventualité, mais je suis sûr que Tony Fowler n'aura pas le temps de mettre ce projet à exécution... D'ailleurs, il a fait un tel gaspillage de torpilles au détroit de Gibraltar, qu'il ne doit plus lui rester beaucoup d'explosifs. Enfin, – ici la voix de Goël trembla, – mon cher monsieur Stroëm, nous n'avons pas le choix des moyens !...

– Je serai courageux, Goël... Faites comme vous l'entendrez. Je m'en rapporte entièrement à vous.

La nuit vint. Le *Jules-Verne II* se rapprocha insensiblement et échangea des signaux avec l'*Étoile-Polaire*.

Goël et Ursen Stroëm revêtirent eux-mêmes leur scaphandre et distribuèrent à chacun de leurs hommes les postes de combat, en prenant soin toutefois de placer l'imprudent M. Lepique, tout réjoui de la carapace de cuivre dont il se voyait revêtu, sous la surveillance directe du sage et méticuleux Pierre Auger.

C'est ainsi qu'après deux heures de manœuvres longues et délicates, Tony Fowler se trouva entièrement cerné.

Lorsque Coquardot eut achevé de garrotter son ennemi, il eut un moment d'hésitation. Edda et lui se regardèrent... Comment allaient-ils faire pour s'échapper du sous-marin et pour rejoindre leurs amis malgré l'équipage qui, sous le coup de la surprise et de la crainte, était capable de se livrer aux pires violences ? Coquardot réfléchit un instant.

– Mais j'y pense, s'écria-t-il, les hommes ne savent pas encore que le *Jules-Verne* est cerné... Nous avons la partie belle... Mademoiselle Edda, voulez-vous me laisser faire ?

– Faites comme vous l'entendrez, mon ami... Je suis tellement brisée par les émotions de cette terrible journée, que je suis incapable de vous donner un conseil... je ferai aveuglément ce que vous me direz de faire.

– Bien, mademoiselle. Je vous remercie de la confiance que vous me témoignez.

Coquardot se précipita dans le couloir et, s'approchant du tube acoustique qui communiquait avec le poste de l'équipage, il commanda, en imitant de son mieux la voix et l'accent de Tony Fowler :

– Qu'on se réunisse dans le grand salon, et quand tout le monde sera au complet, qu'on ouvre le panneau mobile !... J'ai à vous faire à tous une communication importante.

Les hommes de l'équipage s'empressèrent d'obéir. Coquardot, aux aguets dans le couloir central, les vit entrer en tumulte. Quand le dernier d'entre eux eut refermé la porte, il s'élança et poussa le verrou extérieur...

L'équipage du sous-marin était prisonnier. Un concert de cris, de blasphèmes et d'exclamations apprirent bientôt au subtil Marseillais que les bandits venaient de s'apercevoir du péril qu'ils couraient. Il eut un franc éclat de rire.

– Y Té ! dit-il, ils crient comme si on les écorchait !... C'est une bonne blague, pourtant ! Qu'est ce qu'il faut donc pour les amuser !...

Cependant, il n'y avait pas de temps à perdre. Coquardot se précipita vers la cabine d'Edda et l'entraîna vers la chambre des scaphandres. Il aida la jeune fille à entrer dans la lourde carapace de métal, vissa solidement le masque de cuivre au masque de cristal, puis il se revêtit du même costume.

Prenant la main d'Edda et l'entraînant à sa suite, il poussa une lourde porte de métal, puis une seconde... Tous deux se trouvaient dans l'obscurité la plus profonde. Coquardot appuya sur un bouton. Un sifflement sourd annonça que l'eau pénétrait dans la chambre de plonge.

Cinq minutes après, il poussait un dernier panneau étanche, et les deux prisonniers, foulant le gravier du fond de la mer, s'avançaient délibérément, dans une nappe éblouissante de lumière, vers les scaphandriers du *Jules-Verne II*, dont le cercle se faisait de plus en plus étroit et qui n'étaient plus guère, maintenant, qu'à une dizaine de mètres du sous-marin.

Immédiatement, Edda Stroëm et Coquardot furent entourés. On les prenait pour des ennemis, on voulait les faire prisonniers.

M. Lepique, qui brandissait férocement son sabre-coutelas, s'était avancé en tête des assaillants, demeura littéralement estomaqué en reconnaissant, à travers le masque de cristal, la barbe noire et les moustaches frisées de son ami Coquardot, dit Cantaloup. M. Lepique ne fut pas maître du premier mouvement de sympathie qui le porta à serrer Coquardot dans ses bras. Pierre Auger arriva juste à temps pour s'opposer à cette embrassade périlleuse, qui eût pu amener la rupture des casques de cristal et avoir les plus graves conséquences.

Edda et Coquardot, entraînés par Goël et Ursen Stroëm, furent emmenés jusqu'à la chambre de plonge du *Jules-Verne II*. Quelques instants après, ils étaient tous dans les bras l'un de l'autre.

Ursen Stroëm et Goël pleuraient en voyant la pâleur et la tristesse d'Edda, que Mlle Séguy embrassait tendrement.

Mais cette scène de famille, qui n'avait duré que quelques minutes, fut brusquement interrompue par le timbre d'une sonnerie électrique.

– Nous sommes attaqués ! Arrivez vite... téléphonait Pierre Auger.

Ursen Stroëm, Goël, Coquardot et M. Lepique ne prirent que le temps de revisser les casques de leurs scaphandres et se précipitèrent vers la chambre de plonge.

Quand ils purent fouler le gravier du fond sous-marin, ils furent épouvantés. L'eau était teintée d'un rose sanglant. Des cadavres, vêtus de scaphandres, gisaient sur le sol, ou, soulevés par la vague, flottaient entre deux eaux...

Voici ce qui s'était passé :

Après le départ d'Edda Stroëm et de Coquardot, les hommes de l'équipage du *Jules-Verne*, affolés, hors d'eux-mêmes, avaient réussi à forcer la serrure et à briser les verrous de la porte du grand salon. Une fois dans le couloir, cette même idée leur était venue à tous :

« Tentons une sortie en revêtant les scaphandres... La côte est proche. Nous avons encore des chances d'y arriver en faisant une trouée. »

Chacun d'eux avait revêtu, en toute hâte, son costume de plongeur, et, s'armant de masses, de marteaux, de pics et de limes, ils s'étaient rués au-dehors et ils s'étaient précipités comme des furieux sur les scaphandriers d'Ursen Stroëm.

Ils ne pouvaient plus mal s'adresser... Ç'avait été un véritable massacre. La plupart des bandits étaient tombés sous les balles-fléchettes empoisonnées des fusils à cartouches d'eau. D'autres avaient vu les masques de cristal de leurs casques brisés à coups de marteau. Ils étaient morts, noyés, asphyxiés dans leur carapace de cuivre, d'où continuaient à s'échapper, avec un glouglou sinistre, des chapelets de bulles d'air provenant des appareils de respiration à air liquide.

Ursen Stroëm et Goël intervenaient pour arrêter le massacre, lorsque M. Lepique, tirant Goël par la manche de son scaphandre, étendit la main avec épouvante dans une direction opposée à celle des sous-marins.

Goël regarda et sentit un frisson lui traverser les moelles : une bande de requins, de féroces peaux bleues, attirés par la lumière, alléchés par l'odeur des cadavres, qu'ils avaient sentis à des kilomètres de distance, rôdaient en dehors du cercle lumineux des fanaux électriques.

Le geste de M. Lepique avait été vu... Les scaphandriers le répétèrent de proche en proche... Il y eut une fuite générale vers la chambre de plonge du *Jules-Verne II*.

Ce fut, d'ailleurs, cela seulement qui les sauva. Au moment où les derniers fuyards atteignaient le sous-marin, une formidable détonation ébranla les eaux, réduisant en miettes le *Jules-Verne* de Tony Fowler, éteignant les fanaux, pulvérisant les fulgures, lançant dans toutes les directions une pluie de débris de barres et de plaques de métal tordues et brisées.

Un tourbillon se creusa, et les panneaux de cristal du *Jules-Verne II*, quoique recouverts de leurs plaques protectrices, furent pourtant brisés.

Et telle était la cause de cette terrible catastrophe.

Lorsque l'équipage du *Jules-Verne* eut abandonné le sous-marin, il n'y demeura plus que Tony Fowler, garrotté, et le malchanceux ivrogne Robert Knipp, qui n'était pas encore sorti de l'état comateux où la morphine l'avait plongé.

On l'avait enfermé dans sa cabine, et on l'y avait oublié. Il commençait à revenir à lui, et réunissait avec peine ses idées, lorsque ses camarades s'étaient enfuis. Il sortit à demi hébété, de sa cabine, et s'avança dans le couloir en trébuchant. Dans le poste de l'équipage, qu'il trouva vide à son grand étonnement, il eut l'idée de se plonger la tête dans un grand bassin d'eau fraîche qui servait aux besoins journaliers.

Cette aspersion glaciale eut le pouvoir de lui rendre toute sa présence d'esprit. Il parcourut tout le bâtiment, assista en témoin épouvanté à la bataille sous-marine, qu'il contempla de la vitre du grand salon ; et enfin, ne sachant que devenir, il finit par trouver Tony Fowler, garrotté, dans la cabine d'Edda... Il coupa ses liens, lui enleva son bâillon et le mit au courant de ce qui se passait.

Robert Knipp, en proie à une terreur panique, se jeta aux genoux de Tony Fowler.

– Maître, suppliait-il, que faut-il faire pour me sauver ?

– Va au diable ! lui répondit Tony Fowler avec colère... Ta vie ou ta mort ne m'intéressent guère.

Puis, brusquement, comme pris d'un remords, il ajouta :

– Rends-toi à la cabine des scaphandres, revêts-en un, et tâche de te sauver en te dissimulant sous les varechs... La côte n'est pas éloignée. Tu peux encore l'atteindre... C'est ta dernière chance de salut... Dépêche-toi. Je te donne cinq minutes pour quitter le bord.

– Mais vous ?

– Ce que je ferai ne te regarde pas... Hâte-toi, ajouta Tony Fowler en tirant son chronomètre, tu n'as plus maintenant que quatre minutes et demie.

Robert Knipp se précipita et disparut.

Quand l'aiguille du chronomètre eut atteint la première seconde de la sixième minute, Tony Fowler se dirigea froidement, le revolver à la main, vers la soute aux explosifs.

– Ils ne m'auront pas vivant ! murmura-t-il... Et si je meurs, ils vont tous mourir avec moi...

Et il déchargea son arme à l'orifice d'une bonbonne remplie de picrate de potasse.

L'explosion fut terrible. Le *Jules-Verne II* et son équipage ne durent qu'au plus heureux des hasards de n'avoir pas été broyés par les débris du sous-marin et tués par la terrible commotion.

Une demi-heure après, les matelots de l'équipage de l'*Étoile-Polaire*, qui exploraient la surface de la mer pour essayer de sauver la vie à quelque blessé, recueillirent un homme atrocement mutilé, mais respirant encore... C'était Tony Fowler.

Un de ses bras et une de ses jambes avaient été emportés par l'explosion. L'autre bras et l'autre jambe étaient littéralement réduits en charpie le visage n'était qu'une plaie ; les dents avaient sauté, les lèvres avaient disparu. À la place des yeux et du nez, il ne restait plus que des trous sanguinolents ; la langue même avait été emportée.

Cependant, il vivait, car aucun organe essentiel n'avait été atteint en lui. Le chirurgien du bord le pansa, lui amputa le bras et la jambe restants, et déclara qu'on pouvait espérer le sauver encore.

Tout le reste de l'équipage du *Jules-Verne* avait péri. Quant à Robert Knipp, on ne sut pas comment il était parvenu à échapper aux effets de l'explosion ; mais on apprit plus tard qu'après être demeuré longtemps caché dans les rochers des îles Bermudes, il s'était présenté aux habitants comme le survivant unique d'un naufrage imaginaire, et qu'il s'était fait rapatrier en Amérique.

Épilogue

Un mois après la délivrance de Coquardot et d'Edda Stroëm, un des principaux journaux de la Canebière publiait un *Premier-Marseille* ainsi conçu :

« C'est jeudi prochain qu'aura lieu, dans notre ville, la célébration du mariage de notre illustre compatriote Goël Mordax et de Mlle Edda Stroëm, la fille du milliardaire et philanthrope bien connu, si vaillamment arrachée par son fiancé à un milliardaire maniaque qui l'avait enlevée, en se servant d'un sous-marin construit sur les plans de Goël Mordax lui-même.

« Marseille va être, pendant quelques jours, le théâtre de fêtes sans précédent... Une somme de trois millions est offerte par les futurs époux aux pauvres de Marseille. Des tournois, des cavalcades et des feux d'artifice, des retraites aux flambeaux, des illuminations vont se succéder pendant plusieurs jours, sans préjudice des banquets, des représentations théâtrales et des concours poétiques.

« S. M. le roi des Belges et S. M. le roi de Suède, amis particuliers d'Ursen Stroëm, serviront de témoins à la mariée. Ceux du marié seront le grand chimiste A. Rouhier et l'ingénieur Tesla.

« Les menus du banquet qui suivra la célébration du mariage seront signés du célèbre Coquardot, dit Cantaloup, le plus renommé des artistes culinaires contemporains, récemment élevé au grade de commandeur de la Légion d'honneur, à cause de sa courageuse conduite pendant la captivité de Mlle Stroëm, dont nous avons raconté les émouvantes péripéties dans nos précédents numéros.

« En même temps que le mariage de M. Goël Mordax, sera célébré celui de son ami, M. Lepique, un jeune entomologiste de grand avenir, déjà connu par ses travaux sur les blattes et les scolopendres. M. Lepique épouse une Française, Mlle Hélène Séguy, une amie de la famille Stroëm.

« La première croisière d'exploration scientifique du *Jules-Verne II* commencera aussitôt après la célébration de ces mariages. Un grand nombre de savants des deux mondes ont déjà sollicité d'en faire partie.

« Une dépêche de New York nous apprend que l'ingénieur Tony Fowler, le ravisseur de Mlle Stroëm, – « l'homme-tronc » comme on l'appelle, qui, grâce à la complaisance des médecins aliénistes, a pu être soustrait à l'action de la justice, est actuellement soigné dans une propriété de son père, le milliardaire universellement connu, au château de Mac-Broth, Kentucky. »

Milton Keynes UK
Ingram Content Group UK Ltd.
UKHW050752311023
431661UK00010B/525

9 791041 972548